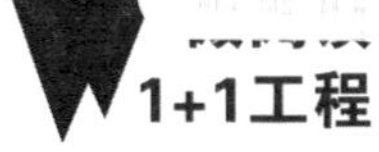

1+1
GONG
CHENG
第一辑

时光左岸的自动回复

积雪草

百花洲文艺出版社
BAIHUAZHOU LITERATURE AND ART PRESS

林洋扯着破锣般的嗓子嚎许嵩的《庐州月》，可惜那样一首清淡
有着民谣特质，甚至有着一点点小忧伤的歌，竟然被林洋嚎得
，支离破碎，像哭一样难听，更让人无法忍受的是，他的手
在比划着弹吉他的动作。
着耳朵忍无可忍地对林洋说：“大歌星，拜托你别制造噪
大家的耳朵歇一会儿，行不行？”林洋不睬，自顾自地
醉状。舒晓歆见他无动于衷，更加来气了，于是眉头一
心来，趁他不备，悄悄把腿往前一伸，专注而投入的
没有提防，一下子往前抢了三四步，摔了个嘴啃泥，
然而止。
来，回头瞪了舒晓歆一眼，有些气急败坏地说：“真
，长得那么漂亮斯文的一个女孩，心肠却那么坏，
你妈都不要你了。”
洋捂嘴偷笑的舒晓歆，猛听得林洋的话，满脸
容瞬间凝固。她看着窗外，湛蓝的天空有着大
白云，慢慢地聚拢流散，去无所踪。高高的
武挺拔，风一吹，满树的叶子哗啦啦地响。
向阳花，刚刚有巴掌那么大，朝着太阳的
风中点着头。
得很辛苦的眼泪，
没有忍住，忽然
闸，哗啦啦地落

的那个季节
，天空也
白杨树也
拔，向
这样娇
歆去

看上
憔

图书在版编目(CIP)数据

时光左岸的自动回复／积雪草著．—南昌：百花洲文艺出版社，2013.5（2020.6重印）

（微阅读1+1工程）

ISBN 978-7-5500-0626-3

Ⅰ.①时… Ⅱ.①积… Ⅲ.①小小说—小说集—中国—当代 Ⅳ.①I247.8

中国版本图书馆CIP数据核字(2013)第098938号

时光左岸的自动回复

积雪草 著

组稿编辑：陈永林
责任编辑：赵　霞　游灵通
出　　版：百花洲文艺出版社
发行单位：全国新华书店
印　　刷：龙口市新华林文化发展有限公司
开　　本：700mm×960mm　1/16
印　　张：12
版　　次：2013年8月第1版
印　　次：2020年6月第4次印刷
字　　数：123千字
书　　号：ISBN 978-7-5500-0626-3
定　　价：29.80元

赣版权登字：05-2013-221

网址：http://www.bhzwy.com

图书若有印装错误，影响阅读，可向承印厂联系调换。

前　言

以“极短的篇幅包容极大的思想”，才能够以小胜大，经过读者的阅读，碰撞出思想的火花，震撼人的心灵。正因为这样，微型小说成为一种充满了幽默智慧、充满了空灵巧妙的独特文体。

如果说在二十一世纪的头一个十年，是互联网大大改变了我们的生活，那么在我们正在经历的第二个十年里，手机将更为巨大地改变我们的生活。如今，以智能手机为平台，正在构成一个巨大的阅读平台。一种新的阅读方式正不知不觉地走进大众的生活。一个新的名词就此产生，它便是“微阅读”。微阅读，是一种借短消息、网络和短文体生存的阅读方式。微阅读是阅读领域的快餐，口袋书、手机报、微博，都代表微阅读。等车时，习惯拿出手机看新闻；走路时，喜欢戴上耳机“听”小说；陪人逛街，看电子书打发等待的时间。如果有这些行为，那说明你已在不知不觉中成为“微阅读”的忠实执行者了。让我们对微型小说前景充满信心和期待的是，微型小说在微阅读的浪潮中担当着极为重要的“源头活水”。

肩负着繁荣中国微型小说创作、促进这一文体进一步健康发展的责任和使命，微型小说选刊杂志社推出了“微阅读1+1工程”系列丛书。这套书由一百个当代中国微型小说作家的个人自选集组成，是微型小说选刊杂志社的一项以“打造文体，推出作家，奉献精品”为目的的微型小说重点工程。相信这套书的出版，对于促进微型小说文体的进一步推广和传播，对于激励微型小说作家的创作热情，对于微型小说这一文体与新媒体的进一步结合，将有着极为重要的作用和意义。

编者

2014年9月

目　录

翡翠手镯

老钟和太太去南方旅行的时候，在一个名不见经传的小镇上得到一件宝贝。

那个小镇虽名不见经传，但却是一个名副其实的古镇，小桥，流水，人家。纯朴的民风，厚重的乡情，让老钟一下子喜欢上那里，待了好多天还不想走。老钟的太太打趣他留连忘返，老钟就说，要不是还没有退休，真想在这里久居，过着与世无争的神仙日子有什么不好?

一日，老钟和太太去古镇的旧物市场闲逛，逛了大半天也没遇到什么新奇的物件。快晌午的时候，往回走的路上，遇到一个妇人，妇人慈眉善目，低头赶路，却与东张西望看风景的老钟撞了个满怀。老钟愠怒，说妇人，你怎么走路不长眼睛? 下次出门记得带上眼睛。妇人也不恼，说，你不知道，朋友的朋友约了我见面，我有一只家传的翡翠手镯，因为等钱用，所以急于出手，赶着去跟人家见面的，冲撞了你，别见怪啊!

妇人说完，侧身让过老钟，又低头赶路。老钟喊住妇人，问她，什么宝贝? 让我也看看可好?

老钟的太太是一个谨慎的女人，偷偷地拽了一下老钟的衣袖，老钟明白太太的意思，说，看看打什么紧?

那个妇人，果然折回身来，对老钟说，你又不买，耽误我的时间干吗? 回头那边的人等急了再散了，我可不是白来了? 妇人一边嘟囔，一边随身掏出一个锦盒，锦盒倒不大起眼，普通的缎面，可是打开盒子，里面却是别有洞天，丝绒装裱的盒子，打开层层包裹的丝绸，取一只翡翠手镯。

老钟不看则已，一看就傻了眼，当真是好东西啊! 是一款传统的圆镯，轻盈的绿，让人很醉心，镯身晶莹剔透，圆润光滑，透明度好，正应了那句话：珠圆玉润。

老钟随口问了句，你这玉镯卖多少钱?

妇人说，玉卖有缘人，没有缘多少钱都没用。一边说，一边把东西收好，放回盒子中，欲待要走。老钟急了，说，你不说价，怎么知道我不买？

妇人说，这东西原本是我们家男人家传的东西，男人得了病，需要钱做手术，不得已才想把这东西卖了。说来都是我们做子孙的不肖，没本事，遇到个三灾八难，就想变卖祖宗留下来的东西，不过话又说回来，但凡有一丁点的办法，我们也不会做这个败家子。

老钟笑，我又没问你这些，你就罗里吧嗦说上一火车，你还没说多少钱呢！

妇人说，五万块，少一分也不卖。

老钟说，我和太太出门旅行，身上没带那么多钱，你便宜点，我买下来，送给我太太，今年是我们结婚20周年。

妇人说，不能便宜，我回家跟我男人没法交代。

老钟听了，做愁眉苦脸状，说，我的卡里只剩下两万块，多一分再也不能了，要不你卖给别人吧！

妇人长叹一声，说，罢，就卖给你吧，玉卖有缘人，看在你和太太这么恩爱的分上，两万就两万吧！

老钟的太太在边上看着先生和妇人砍价，早急得什么似的，她拖起老钟的手就走，老钟甩掉她手，附耳低言，你还不相信你男人眼力？没准儿这回我们发了，这东西值个几十万也说不定。

老钟的太太不依，说，这东西也没有证书，只听她口说，难保不被忽悠了。老钟不悦，说，我刚才用手弹了两下，发出清脆悦耳的声音，是好东西，你放心吧！

两万块买了一只通体碧绿的翡翠玉镯，老钟兴奋得再也没有心情游山玩水了，拉着太太打道回府了。

老钟得了宝贝，每天拿出来擦拭两次，左看右看，但终究没有舍得套到太太的手腕上。后来电视台有一档鉴宝节目，老钟捧着玉镯去请专家看看成色。专家说，你这东西颜色虽好，但却是人工染色的，你这东西水头虽好，但却是人工抛光的，虽说是假的，但还是值几百块钱的。

老钟像吃了苍蝇一样难受，但内心里犹有不甘，捧着那东西去了珠宝鉴定中心，仪器鉴定得出的结论和专家是一致的。老钟偃旗息鼓，唉声叹气，回家埋怨太太，回回买东西你都拉着我，这回也不知怎么了，也不管我了，看着我上当受骗。老钟的太太被他气得乐了，说，我拉得住你吗？你像中了邪一样，赶着上当受骗，这会子倒埋怨起我来了。

老钟不吭声，低着头想了半天，说，要不，我们去找人重新做个鉴定，

给这个手镯办个身份证吧？等有合适机会，把这个宝贝给卖了，兴许我们也赔不了几个钱。

不说这话还好，一听老钟这话，他的太太皱起了眉头，说，这东西你说买来送我，可是我还没有戴过，你就要转出去，这样吧，我先戴戴试试，好不好？

老钟说好，既然不那么名贵了，戴就戴吧！镯子有点小，戴的时候就费了点子力气，等往下取的时候，却怎样都摘不下来，老钟的太太伸直了手臂，另一只手使劲往下撸，结果不知怎么，那镯子就碰到大理石茶几上，那只翡翠镯子就那么损了。

老钟叹气说，损了好，损了好，就不用我再去想辙害人了，只是可惜了我那两万块，扔到水里，连个响儿都没有听到。

老钟的太太舒展开皱着的眉头，偷偷地抿嘴儿乐了。

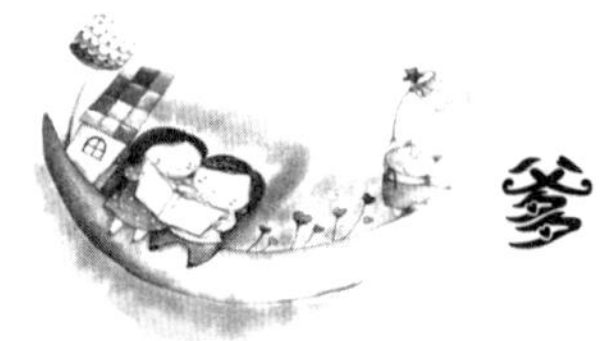

爹

爹40岁那年得女，是我。

爹把我像宝贝一样捧在手心里。我没有让爹失望，凭着自己的努力考上了一所理想大学的财会专业，毕业后留在了城市里，在一家公司做会计工作。

尽管我还没有能力把爹接来城里和我一起生活，但我相信凭我的努力，这不会是太遥远的事儿。

过年回家，我总是给爹买大包小包的礼物，穿的，戴的，吃的，用的，都是山里见不到的东西。爹一边用手指轻轻地摸着礼物，一边嗔怪我：又乱花钱，我啥也不缺。这些钱攒下来，留着你出嫁时给自己买嫁妆。

我冲爹嚷嚷，谁要嫁人啊？我要守着爹过一辈子，我不嫁人。

爹听了嘿嘿地傻乐，说，又说傻话，就怕到时候，哭着喊着要嫁人，我用绳子都拴不住你。

工作一年后，同事给我介绍了一个男朋友，叫常安。小伙子长相不错，又知道疼我，只是有些郁郁寡欢，一副怀才不遇的模样。我安慰他，只要我们努力工作，别人有的一切，我们都会有。

过年的时候，我兴致勃勃地带他回家给爹相看，只要爹点头，我们就可以把事情办了。

听说我要带未来的女婿回家，爹可高兴了，爹把养了多年的鸡和鹅都宰了，忙了整整一下午，置办了一桌子的酒席。

酒足饭饱之后，夜也深了，爹把我拽到一边说：小菊啊，这小伙子什么都好，就是看人的眼神飘忽不定的，怕是靠不住。听爹一句，回去就跟人家散了吧！好好跟人家说，说温和点，别伤着人家。

我歪着头看爹，我什么都听爹的，可是这次不能听。我说，爹，你不了解他，常安人可好呢，心灵手巧，勤快能干，又非常疼我。

爹叹了一口气，说，丫头啊，这次你一定得听爹的，爹活了几十岁，不会看走眼。

我梗脖子，用手捂着耳朵使劲地摇头。

爹有些生气，像打雷一样吼：不听我的话你就给我滚，永远别再回这个家！

我吓了一跳，从小到大，爹从来没有用这样的语气跟我说话。眼泪喷出来，在脸上肆意横流。我气狠狠地说，爹，这话是您说的，您老人家可别后悔啊！

离开家时，我的心里特别不是滋味。爹不懂，我有多么喜欢常安。等将来我们在城里有了自己的家，有了出息，爹的说法就会不攻自破，到时候再接爹和我们一起过。

走出去老远，看见爹还在门口站着，手里牵着一只羊，呆呆地看我离去的方向，我有些心酸，可是我还是走了。

回到城里以后，我常常想起爹说过的话，爹让我和常安分开，可是我舍不得。

有一天，常安兴冲冲地跑来找我，说要和朋友合伙做一笔生意，急需5万块钱周转。我跳起来，说，我参加工作才一年，哪来这么多钱啊？他看我着急，一脸诚恳地说，把你们公司的钱挪5万给我用，我很快就会还上的。

我吓了一跳，那钱不是我的，犯法的事儿咱不能做。

他劝我，不是真的让你贪污，月底，神不知鬼不觉地把钱还上，没有人会知道。等挣到钱，我们就买房子结婚，再把你爹从乡下接来，我们三个人一起和和美美过日子。

常安给我画了一幅很美的画卷，我没有抵得住诱惑。

事情的发展像三流电视剧一样俗套，但对于我却具有摧毁的力量。有一天，我打常安的手机，关机。我慌了，第二天再打，还是关机。到他们单位去找他，才得知他已经很久没到公司上班了。

我知道出事了，眼前忽然一阵发黑，踉踉跄跄回到出租屋。突然想起爹说过的话：他目光游移不定，必是一个靠不住的人。爹怎么知道他靠不住呢？

整整3天，我吃不下饭，睡不着觉，听到别人说一个“钱”字就能让我心惊肉跳。我低声下气，四处借贷，眼瞅着离月底交账只剩一周的时间，可是我才筹到5千元。

绝望。从来没有过的绝望。我想到了死。在大街上像苍蝇一样转悠，忽然想给爹打个电话，忽然很想听爹叫我“小菊丫头”。

晚上10点了，听得出爹慌乱的脚步声。我猜想，爹肯定是一路小跑到邻居家里听我电话的，听爹叫我“小菊”，我再也忍不住了，在大马路上便放

声大哭。爹等我不哭了才问：出事了，是吗？我说没有，能出什么事呢？我好着呢，就是有点想爹了，天冷，爹保重。

爹在我挂电话前大吼：不管出了什么事儿都别犯傻，天大的事儿有爹呢！

我也大吼：告诉您也没用，5万块钱呢，拿什么还?！我忽然惊醒，我怎么把实话告诉爹了！我真浑啊！这不是让爹犯难吗？

回到出租屋，我昏昏沉沉睡了两天，睡得昏天暗地。睁开眼睛时，爹就坐在我床前。

爹摸我的额头，滚烫，爹说，小菊丫头，你发烧了。

爹烧了开水，一勺一勺地喂我。接着，爹像变戏法一样从尼龙绸包里摸出一个纸包，用报纸包了一层又一层。是钱，整整5沓。

爹说，咱家的房子，咱家的牛，咱家的羊，还有咱家的苹果树，都让我卖了，又借了点，凑足了5万块。从现在开始，我无家可归了，小菊丫头，你可要有良心，要收留我，你要养我啊！

我抱着爹，哭了，又笑了。

穿 越

情感真的是一种很悬的东西，有些人，日日相对，却没有什么印象。有些人，不过偶然相遇，却一辈子都不忘。

铃兰是倚在窗边时，心中忽然生出这些念头的。

有一段时间，穿越西双版纳的热带雨林，是她的梦想，想得发疯的那种，所以她报名参加了一支野外探险的队伍。那支野外穿越探险自助旅游组织大约有三十多人，出发前，她认识了一个名叫阿南的男人。因为她是第一次参加这样的活动，所以他被指派照顾她。他高大魁梧，头发很密，脸上线条硬朗，30 岁左右的样子，嘴里嚼着口香糖，看上去有一点点的痞。第一眼给人的直观印象是，把安全交到这样一个人的手里，会不会是鸡蛋存放在石堆里？

然而，钻进原始森林的那一刻，她就忘掉了自己内心里的疑问，嘴巴张成“O”形，眼睛像快速相门，忙着捕捉赏心悦目的视觉盛宴。

空气清凛，慢慢回味，有草木的清香。泥土芬芳，树木森幽，她像个孩子一样欢呼起来，张开双臂，沐浴临风。

不能让人产生安全感的男人阿南，唇边绽开讥讽和不屑，他低吼一声，当心脚下，跟住向导，别光图着享受。细细分辨，他的声音里有近乎粗暴的成分，她一扭头，并不理会这个自以为是的男人。

深一脚浅一脚地跟在向导的身后，生怕迷失了方向，然而还是出现了意外。原始森林里险象环生，危机四伏，不知是谁惊动了一窝土蜂，受了惊的蜂子嗡的一声展开进攻。她吓得啊的一声尖叫，然后抱住头，蹲在原地不会动了。阿南眼疾手快，拖了她一把，又一把脱下外套，蒙住她的头，她才幸免满脸开花的不幸。转移到安全地带，她的心还狂跳不止，想起在电视上看到的《科技之光》节目，一大群蜜蜂围攻人、牲畜、村庄，那是毁灭性的灾难。

后怕归后怕，可是她还对这个有些痞的男人产生了一点点好感。

一路上，不仅随时会遭到蚊虫、蚂蟥、叫不上名字的小虫子的袭击，还

要提防和随时跑出来的野生动物正面相遇，热带雨林里还有会扎人的树，人被扎过之后会产生幻觉。

没用半天的功夫，她就精疲力竭，脚被鞋子磨出两个大血泡，天又下起了雨，在一个山坡上，她失脚差点滚下山坡下面的悬崖。那一刻她心提到嗓子眼，阿南眼疾手快，一回身拽住她的胳膊，她像抓住了救命的稻草，紧紧抱住他的胳膊不放松，可是他一个人的力气有限，险些把他也拽下山坡，多亏不断地有人帮忙，加入救援，她才被拖上来，可是她却因此扭伤了脚。

阿南皱着眉头，骂，多事儿的小女人，在都市里喝喝咖啡，逛逛街还可以，偏偏跑到这原始森林里来逞强。

骂归骂，他还是把她的行囊挂在自己的身上，然后还要背着她，因为一瘸一拐的她，如果跟不上向导的步伐，就会掉队，就会在原始雨林里迷失方向。

天下着雨，步履越来越艰难，头发一缕一缕贴在额头上，顺着发梢往下滴水，她冷得瑟瑟发抖，衣服贴在身上，曲线毕露，狼狈不堪。

那一刻，流满雨水的脸，忽然有了一种错觉，有了某种恍惚不真实的感觉，一路走来，她和这个有些野性难驯的男人，仿佛有了某种默契，有了某种温暖和相依为命的感觉。

傍晚，天气意外地转晴，夕阳的斜晖格外地耀眼，他们这一群看上去犹如残兵败将的野外穿越者陆续地进入了布朗族的村寨，被分配到各家各户，洗漱之后去老乡家里吃晚饭，很多人围在一起，喝酒唱歌跳舞讲段子，喝得七荤八素，东倒西歪地睡在很多人的大通铺上，对于那些仿佛劫后余生的人来说，大通铺比席梦思来得温暖和舒适，而睡眠的幸福就像花儿开放。

夜里醒来，她吓了一跳，发现自己竟然睡在阿南的怀里，暗淡的月光下，她看着这个看似粗线条其实心细胆大、无比温柔的男人，想象着他在城市里的另外一面，优雅地坐在办公室里，开着车夹杂在车潮中，穿着棉布衣衫和朋友聊天，也许他在都市里生活时，是个严谨有礼的男人，而山野和森林只能让人回归。如果一定要选择，她还是喜欢这样境况下的男人，不戴面具，没有伪饰，赤裸，真实，勇敢。是的，勇敢。

月光轻移，打在他的脸上，他的面孔像浮雕一样，轮廓分明。她偷偷地打量着，发现他早已醒了，不敢抽出她枕在颈下的胳膊，怕惊扰了她的清梦。她张了张嘴，刚刚想说句什么话，他用食指抵住嘴唇，示意她不要出声。

两个人慢慢起来，努力不弄出一点声响，轻手轻脚地去寨子里散步。他牵着她的手，劫难之后，十个手指紧紧地扣在一起，没有功利，没有欲念，

没有智谋。他们都知道，今夜之后，彼此再也不会见面了，再也不会像现在这样手牵着手在异地他乡看月亮。她知道，只要彼此一松手，从此别过，各自融入滚滚红尘中，再相遇的概率，小得近乎零。

那个布朗族村寨的月光下，那么诗情画意的夜晚，那个秉性淳厚的男人，不但穿越了原始森林，也穿越了她的生命，给了她前所未有的震撼。

回到都市里，生活恍然如昨日一般，依旧上班下班，平静安宁，现世安稳，可是，她知道不一样了，因为她的心上，留下了一个穿越者轻轻浅浅的足迹。

被优雅击败

薇安的古典情结不知道是从什么时候开始有的，可能很早，她自己不知道而已。她喜欢一切古的东西，喜欢古典音乐，喜欢品茗弄香，喜欢穿旗袍，喜欢在博客上写一些淡雅忧伤的词句，连走路都是低眉敛眼做小女人状，并不事张扬的薇安却有本事让人过目难忘。

这样的女孩，身后自然有大把年龄登对的追求者，可是却无一能够打动她的芳心，那些青涩的男孩子，在她看来，更像枝头尚青的小桃，毛茸茸的，尚未褪出青涩，这样的男人只能让她偶一回眸，淡淡地一笑置之。

薇安的心其实早已暗许了一个人，那个人成熟多金，儒雅博学，无论是生活里还是职场上，都游刃有余，举手投足间，成熟稳重，魅力四射，她为之倾倒。

有阅历的男人，就像一本厚厚的书，让人有忍不住有想读下去的欲望和冲动。两情相悦时，忍不住就想起了“天长地久”这个美好的词，想起了这个词，就有了一个理想，一个做小三的女人都应该有的理想，那就是取代另外一个女人的位置，然后相依相伴，将幸福生活进行到底。

薇安和那个男人说起自己这一想法的时候，男人微微地蹙起了眉头。薇安是一个冰雪聪明的女子，知道男人皱眉意味着什么，知道“天长地久”这个词有些难度，知道他的后方城池坚固，不是一两个小三就能攻下的。她看在眼里，恨在心上，但又舍不得罢手，思谋良久，看来只能智取，不能硬攻。

心智成熟的女子，当然不能和男人玩一哭二闹三上吊的老套把戏，那样只会把男人吓跑，老实说，她也不具备这样的资格和能力。当小三只能被动地隐忍和接受，不具备这样的基本素质，就谈不到修成正果。

薇安深思熟虑了很久，她最终决定从另外一个女人身上找到突破口，以达到曲线救国的目的，让她知难而退，最好是她主动放弃，不费一兵一卒，兵不血刃，成功地攻城略地，最后摘取胜利果实。

带着这样的理想，薇安主动了解那个女人，接近那个女人，做着种种的

准备和努力。

那个女人面容姣好，受过良好的教育，出身世家，言谈举止优雅得体，一看就知道是个见过世面的女人，让她主动退出，肯定有些难度，但是薇安怎肯就此罢手？她还是自信满满地去接近这个女人，也许她还蒙在鼓里，并不知道自己的存在，并不知道自己的男人另有示好，所以一定要让她知道，让她自己不战而退，才是自己理想的结局。

薇安和那个女人一起去喝茶，她开门见山地说，我是他的女性朋友，不是一般意义上的女性朋友。

然后她就不再说话，静等着那个女人雷霆万钧，拂袖而去。谁知她波澜不惊地拿起茶壶，轻轻地往杯子里注水，茶香袅袅中，轻启朱唇，她含笑似嗔地说，他这个人，还那样，老是改不了，喜欢怜香惜玉，走到哪儿都是女性朋友一大堆，当自己是贾宝玉。

那个女人一副司空见惯的样子，波澜不惊，第一个回合，还没有拉开架势，她就感觉到败的味道，有一拳打在棉花上的感觉。

一计不成当然会生出另外一计，不达到目的怎么会罢休？薇安原本不是这样的性格，可是谁叫她爱上了呢？爱上了，谁还管得了那么多？

薇安和那个女人一起去逛街，在一家专卖店里，女人看中了一件女式长袖衫，质地纯良，做工精细，而且是纯手工制作的，尽管如此，还是觉得昂贵的价格和那件单薄的女衫并不匹配，有点不是物有所值，如果不想烧钱，是不会选择那件衣服的。

售货小姐并不热心，用轻慢的眼神打量着女人，薇安以为这回女人肯定会恼，以她的身家，别说买件小衫，就算是买套别墅也不会眨一下眼睛。谁知她却笑了，对以貌取人的售货小姐说，这件衣服很漂亮，但有点贵，我回家再想想吧！

薇安以为，这个优雅的女人即便不会和售货小姐吵架，也会失去内心的镇定和从容，不成想什么热闹也没看到。

还有一次，薇安偶然听到女人和男人的对话，他画龙点睛适可而止地提醒她说，以后别和那个女孩接触太多。女人沉吟了一会儿，说，她是个好女孩，聪明，善良，古典，如果我是个男人，可能也会喜欢那样的女孩，爱美是人的天性。

她听不下去，落荒而逃。

和女人一起上街的时候，薇安故意把手机留在桌子上，然后去洗手间，她以为女人会趁机翻看她的手机短信，那上面有她和她的老公的短信往来，

那些令人心跳耳热的短信，一定会让她崩溃，可是，那个女人从来没有动过她的手机。

她的涵养，她的优雅，她的定力，别说她一个小三，就是千军万马也足以抵挡。

薇安终于决定放弃，她收拾东西，准备离开，原本打算不费吹灰之力博得出位化成了一场泡沫，她被一个女人的优雅所伤，带着些许的遗憾和些许的怅惘，离开了这个城市。临走时，她给我发了一条短信：原来优雅也可以伤人，从此后，打死不再当小三了，娱人误己啊！

大半生

白薇站在春天大厦的楼顶，俯视整个城市的时候，星星已经在天空中眨着眼睛，此刻，白薇觉得天空离自己如此之近，湛蓝湛蓝的天空，仿佛触手可及，有温软的风，带有一丝甜甜的槐花的香气，轻轻拂过面颊。

夜晚的城市，看上去流光溢彩，妖娆迷人。五光十色的霓虹灯，忽明忽暗的车尾灯，像一首首流动诗，让城市看上去更像一个千娇百媚的女人，充满了欲望与诱惑。白薇站在春天大厦的楼顶，仿佛看到另外一个自己，从那些忽明忽暗的灯光中走来……

20 年前。白薇进了一家广告公司。那时的白薇，刚刚大学毕业，眼神像婴儿一般单纯清澈，她像一尾小鱼一样，游来游去，最后欢快地游到一家广告公司。别看那间公司很小，就那么几个人，但是有人的地方就有江湖，因而从来不乏明争暗斗和硝烟弥漫。白薇像一只受到惊吓的小鹿，在那些争斗中小心翼翼地存活，末了，她写的策划文案还是被一个苏姓的女主管据为己有。白薇星星一样明亮的眸子里，被生生塞进一粒沙子，疼得她夜里睡觉都闭不上眼睛。

18 年前。白薇失恋了。很长一段时间，白薇把自己关在屋子里，不吃不喝，她觉得自己的世界一下子从白昼掉进了黑夜，伸手不见五指的黑，让白薇害怕，让白薇胆怯。那个男人转身的时候，背影很华丽，让白薇终生难忘。他义无反顾地跟着一个有钱的女人跑了，她知道这样的男人不值得留恋，可是她就是有些不甘心，为什么有钱的那个女人不是自己？消沉了一段时间，失恋之疼，终于像一场感冒一样，奇迹般地无药而愈。

15 年前。白薇升职了。白薇在那家小广告公司只干了一年就辞职了，然后她毅然跳槽去了一家房地产公司，从售楼小姐开始做起。那时的白薇，年轻漂亮，她知道怎样拿捏分寸，知道怎样营销，知道怎样欲擒故纵，口舌灿若莲花的白薇，一个人的销售业绩是销售部所有人的总和，这样斐然的成

绩，自然而然把销售部经理的位置给顶掉了。这时的白薇，自然不是当年那尾游来游去的小鱼，也早已不是那个任人宰割的青涩女孩了。

12年前。白薇小产了。那天在航班上，白薇还没有什么不适的感觉，看了一些资料，觉得有些头疼，于是假寐了一小会儿。下了飞机，她还是自己亲自驾车回到办公室的。那天晚上，她还在办公室里加班到很晚，回到家里，便开始隐隐觉得肚子疼，及至后半夜，已不能支持，连夜赶到医院，没多大一会儿工夫便见红了，一个四个月大的男婴没有保住。医生说是劳累过度，体力不支的结果。白薇的老公，面如死灰，一句不能言。

8年前。白薇离婚了。工作狂的男人，会让很多女人厌倦，可是工作狂的女人一样会让男人憎恶。白薇没完没了地泡在办公室里，没完没了地加班开会，没完没了地出差公干，终于让她的男人无法忍受。男人提出离婚的那一夜，白薇喝了很多酒，男人说，你很优秀，没有我一样会过得很好！白薇哭了，她说，以后我改还不行吗？给你洗衣，给你做饭，陪你看电视。男人摇了摇头，说，晚了，他已经爱上别人了。

5年前。白薇扳倒了对手。失子失婚的白薇在职场上更加所向披靡，背后，人们都叫她“冷血”，说她是一个没有正常情感、唯利是图的女人，传到她的耳朵里，她也只是笑笑而已。一直跟她作对的何总，被她略施小计搬开之后，公司里就再也没有人敢这样叫她了。白薇就是白薇，什么事情都打不倒她，不管是失去孩子，还是离婚，什么样的事情都难不倒她，她的心越来越硬，她的人越来越冷。

2年前。白薇终于在业界做到最强。白薇的公司越来越大，跨界经营的子公司也越来越多，运作，筹划，上市，白薇在业界独领风骚。钱越来越多的白薇，内心却越来越孤单，公司的年度酒会上，优雅内敛的白董却喝多了，她笑了，然后又哭了，她说，我终于有了很多很多钱，可是我却穷得只剩下钱。她知道，愿得一人心，白首不相离，永远成了自己的梦想，因为自己再也不会有当初的真情了。

白薇在春天大厦的楼顶站了大半宿，一直到天亮，就像她的人生，华丽也好，惨淡也罢，都已经过了大半生了。

楼下不知什么时候聚了一堆的人，有人以为她要自杀，甚至报了警，有人劝她要想开些，人生不如意之事，十之八九，有什么想不开的呢？

白薇淡淡地笑了，夜晚的风虽然温软，但站在高处，一样不胜寒，就像她，大半生，事业被她经营得风生水起，可是她的家庭残破了，丈夫离婚了，

孩子没有了，唯有事业像这春天大厦一样立在这个城市里。很多人羡慕她不菲的身家，显赫的地位，只有她自己知道自己最想要什么。她想象着一家三口在灯下吃晚餐，有说有笑，其乐融融的情景，她想要那些家常的温馨镜头，可是等她终于明白自己最想要什么时，人生已过了大半。

滴水观音

一盆养了八年的滴水观音，终于开花了。

想不到真的开花了。她兴奋地对着电话嚷嚷，八年啊，等得我心都荒凉了，它终于开花了，简直太神奇了，你没看到，它的花瓣形状像佛手一样，所以又叫佛手莲，有时候，会从叶尖或叶边往下滴水，所以也叫滴水莲。下了班，你直接过来看，否则错过花期你肯定会后悔的……

她的声音分贝很高，他拿着手机，一声没吭，直到她啰嗦完了才有些犹豫地说，我们分手吧？她似乎没有听清，问他，你说什么？

他被逼得没有退路，于是很肯定地说，我们分手吧！沉默，长久的沉默之后，说，她是谁？有那么好吗？比我好？他不吭声，她又说，好吧！不过我有一个条件，你把女孩带来见我，她能过得了我这一关，我就把你移交到她手上。他迟疑地问，你想干什么？她笑，声音里有了湿哒哒的意味，放心吧！我不会难为她的。

那天，她一直盯着那盆滴水观音发呆，碧绿的扇形叶片，水汽渐渐汇拢到叶尖，似乎花费了很大的力气，凝聚成一滴晶莹剔透的水珠，慢慢滴落下来，像一个人的叹息，更像一滴泪，她看着看着，一时间，感慨万千。

在纵横阡陌的大街上，找到那间新开的茶吧，推开门，身后的车水马龙、人声鼎沸立刻被关到另外一个世界。她打量了一下，这无疑是一个说话的好地方，雅致，安静，茶香，水声，伴随着轻柔的音乐，让人一下子安静了下来。

他和女孩已经先到了，女孩很安静，很纯粹，简直是她的翻版，和她的想象出入很大。她以为，女孩一定是很时尚、很潮流的那种新新人类，有鲜艳的头发，很深的眼线，夸张的唇形，穿及膝长靴的那种。可是女孩不是，女孩素洁，雅淡，年轻，坐在那里，双腿并拢，双手交叉放在膝上。

她对女孩生出好感，走过去坐在她的身边，淡淡地问她，你喜欢他什么？女孩大约没有想到她会这么直接，迟疑了一下说，他人好，诚实，会疼人。

她又问，你们认识多久？女孩想了想说，三个月。

她摇摇头，笑了，说，我知道你是一个好人家的女儿，不是出来玩儿的那种，从你的坐姿和说话的语调都能看出来，我跟你讲讲他的故事，如果你能接受，我愿意成全你。

女孩不置可否。

她喝了一口茶，说，我和他认识整整八年，从大二的时候起，一直到今天。

那天早晨，是春天，阳光明媚，我从学校附近的早市上，买了一株滴水观音的幼苗，小小的叶片还没有舒展开，但碧绿可爱，我像捡到了宝贝一样抱着回宿舍。在学校拐角的地方，他不知从哪里冒出来，把我怀里的花盆碰落到地上，花盆碎了，花儿却依旧完好无损。他知道闯了祸，跑去街上，买了一个花盆，把滴水观音移进去。

从那时候起，一直到今天，那盆滴水观音一直养在我手里，整整八年，从没有开过花儿。就像我和他的感情，经历过很多风风雨雨，却一直没有修成正果。

五年前，一个学妹喜欢上他，给他写灼热的情诗，跟他说滚烫的情话，他迷失了自己，一跟头跌了进去，连余地都没留，可是毕业时，学妹跟着另外一个男生出国了，连句再见都没有跟他说，他心疼成伤，一个星期粒米未进。

三年前，他去丽江出差，邂逅了一段浪漫的情缘，本来这种感情就是因境生景，因景生情，情景交融，景不在了情也就没了，可是他又一次栽了进去，出差归来，各就本位，那个浪漫情缘的女主角再也没有理会过他，他却因此消沉了很长一段时间。

一年前，他们部门的一个女孩喜欢上他，送他礼物，请他喝茶，好像还一起去看了一次电影，他又一次倾出自己的感情。可惜女孩为了升职，只是借他当跳板，并没有真心爱过他，他却因此几乎看破红尘，拖着我去寺庙吃素修心。

她看着女孩，用十二万分真诚的语气说，这样一个男人，如果你有足够的心理承受能力和安全感以及一颗包容的心，能够看到他的另外一面的好，我自然是愿意成全你的。

女孩一语未发，对她点了点头，然后仓皇而逃。

他没有去追女孩，反是起身捉住了她的手，有些吃惊地问，这些你是怎么知道的？你一直都知道？

她点点头。

因为爱，所以她一直很敏感，一直知道他在左右摇摆，在游移不定。每一次，他在她这儿疗伤的时候，她的心都很疼。可是她知道，每一个男孩长成男人，都需要时间和过程。她一直在等他长大，等他长成男人，等他具备足够的男人责任感。

他拖着她的手说，去你家吧？那盆滴水观音一定是全部盛开了，我要用照相机拍下来，见证滴水观音全盛的花期，据说花儿谢了，会结出一串红艳艳的果实，是真的吗？

一起走在街上，灼灼白日，滚滚红尘，人流如织。她心回九转，眼中有泪，想起滴水观音，每一片叶尖滴下来的水滴，凝聚了多少的智慧和勇气？

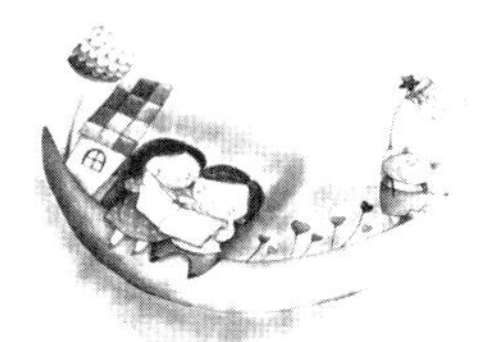

雪花来过这世界

今天下雪了。

大片、大片的雪花，仿佛来自天国的福音，悄无声息地落到这个世界上，瞬间幻化成一粒小水珠，像一滴晶莹剔透的珠泪。

我趴在窗前，看一只小麻雀在窗外光秃秃的枝桠上跳舞，一会儿上，一会儿下，寒风把它的羽毛吹皱了，可是它却浑然不觉。

今天早晨，隔壁病房那个9岁的女孩走了，听说她和我得的是一样的病。她很瘦，很苍白，很快乐，她说长大了要嫁给我，可是还不到一个星期，她就走了，再也不回来了。

她的妈妈像疯了一样，呼天抢地，可能整个大楼里的人都听到了吧！她妈妈发出的声音，仿佛撕裂般的疼痛，让人听了，心里发紧。

我想喝水，却忽然不见了妈妈，我下床，四处找，看到妈妈躲在走廊拐角的地方，偷偷地用纸巾擦眼泪，我知道她是怕我看到，所以只能躲在病房外面偷偷地擦眼泪。

我一直以为，妈妈是这个世界上最坚强最能干的人，无坚不摧，她的胸膛最宽广，她的怀抱最温暖，所有的难题到了她手里都会迎刃而解，可是今天妈妈哭了，哭得很伤心，哭得止不住。妈妈可能是想到我了吧？我心中有些难受，我不能带给妈妈快乐，却带给她无比的忧伤。如果，我也像那个女孩一样，去了很远、很远的地方，将来谁来照顾妈妈呢？

这个问题让我无比地纠结，我不知道谁能照顾我的妈妈，在我走后。

没事的时候，我喜欢在床上玩手机，用手机上网，玩游戏，打电话。那天，我随手拨了一个号码，然后对着电话说：“爸爸，你怎么这么久不回家？我想你了。”电话那端，一个男人愣怔了一下，然后回我：“孩子，你认错人了。”

挂了电话，我吐了一下舌头，心兀自有些跳，打电话骚扰人家，还恶作剧般地叫了一个陌生的男人爸爸，我还是第一次干这种蠢事。妈妈说，我的爸爸出差去了，其实我知道，我没有爸爸，我出生没几天，我的爸爸就去世了。妈妈怕我自卑，所以对我撒了谎，我知道妈妈心里苦，所以假装不知道，可是假装这活儿，真的很辛苦。

我第二次给那个陌生的男人打电话，那个男人有些不耐烦，他说："我都说了，我没有孩子，我还没有结婚，你一定是记错电话号码了。"放下电话，我有些抑郁，我想找个爸爸，看来这事挺难。

我第三次给那个陌生的男人打电话，不等他开口，我赶紧说："爸爸，我生病了，住在医院里，你能来看看我吗？我想你。"电话那端犹豫了一下，然后问我住在哪家医院几号病房，我一一地答了。

妈妈出去给我买了好多水果、头发上、睫毛上、大衣上还顶着好多小雪花儿，我赶紧把手机藏到枕头底下，抱怨道："天那么冷，你出去干吗啊？冻感冒了怎么办？再说我也不喜欢吃水果。"我皱着眉头，假装很不耐烦，其实我是怕妈妈问我刚才给谁打电话了，我不想告诉她。

隔天，天晴了，阳光照射在雪地上，反射出耀眼的光。我倚在床头，等待吃药，打针，化疗，等待的间隙，我拿出手机准备给那个陌生的爸爸打电话，谁知这功夫，病房的门开了，那个陌生的男人和妈妈一起进来了。

他坐在病床边，摸着我的头，有些拘谨地说："儿子，听说你病了，我从外地赶回来看看你。你看看我给你带什么来了？"他手里拿了一个硕大的塑料袋，里面装满了各种书：童话书，漫画书，故事书……

那些书，我在学校旁边的书店里都看到过，我非常喜欢，好多次都跟妈妈要钱买，可是家里只有妈妈一个人在赚钱养家，所以我一直没敢开口，猛然间看到这些书就摆在我的眼前，我的眼睛有些泪湿，心中喜欢得不得了，摸摸这本，看看那本。

我跟妈妈说："你先出去，我跟爸爸说几句话。"妈妈摸了摸我的头，然后转身出去了。

其实，这个陌生的男人我认识，在我们学校旁边开了一家书店，人长得老帅了，更重要的心眼好，同学们去买书，他从来都是和颜悦色，童叟无欺，大家都很喜欢他。要命的是，我认识他，他不认识我。

我想了一下，对他说："我生病了，好的概率不大，这个世界上，我最不放心的就是我的妈妈，她看上去很坚强，其实她的内心很柔软，需要人照顾，我想了想，觉得你人好，想让你当我的爸爸，替我照顾我妈妈，可以吗？你考虑一下，别急着答复我。"

男人哽咽起来，他说："儿子，我答应你的要求，不过你也要答应我一件事儿，你一定要快点好起来，你妈妈可以没有我，但是却不能没有你。”

是啊！妈妈不能没有我，可是我还有得选择吗？这是我在这个世界上，最后一桩心愿，他答应我了，他答应替我照顾我妈妈，我很开心，可是不知为什么，眼角会有泪流出来。

我不错眼地看着窗外，一朵一朵的小雪花儿，晶莹剔透，满天飞舞。模糊中，我听见妈妈跟人道歉：“孩子不懂事，瞎胡闹，随意拨了一个电话号码，想不到你就中奖了，给你添麻烦了。”妈妈当然不知道真实的情况，这是我心中的秘密，我就是希望我走了，她能过得好一点，别太伤心。那个开书店的叔叔说：“你儿子很乖很懂事，我会常来照顾你们母子的。”

我咧开嘴笑了，这是冬天以来，我听到的，最温暖最开心的话。

雪花在哪里？它们都被温度融化了，雪花没有了，但是雪花的确来过这世界，我也是被这世界的温度融化了吧！

精神洁癖

吉米想跳楼不是三两天的事了。

促使吉米想跳楼的原因很多，早在吉米读高中的时候，他就有了跳楼的想法。高中时代的吉米，身材修长挺拔，打得一手好篮球，书念得虽然一般，但作文写得还不错，洋洋洒洒，文风飘逸。可是害就害在这作文上，写得不好，肯定不会出什么大事，最多被老师和家长骂两句叹息几声完事，可是写得好就不一样了，写得好会被人惦记。

被人惦记也不能说就不是好事儿，那得分被谁惦记，出事就出在吉米的文章被老师惦记上了。那是学校组织参赛的一次规模很大的作文比赛，据说得了名次，高考可以加分，所以吉米很用心地写了一篇交上去。

后来吉米就忘掉了这件事情。过了很久，这篇被吉米忘记了的文章真的获奖了，虽然不是什么大奖，但总算得了一个名次，后来被老师当成范文在课堂上朗读了，但是作者的名字不是他。

吉米有些想不通，逢人就说，那篇文章是我写的。别人听了，就笑，说，想得奖想疯了吧？没人肯相信吉米的话，吉米就想，我跳楼算了，真的不如跳楼算了。

当然，吉米只是想想，并没有真的去跳楼，那时候吉米若跳楼了，就不会有后来的故事了。

上大学时的吉米，有一个漂亮的女朋友，有多漂亮？说不出，总之很漂亮。两个一起去食堂吃饭，一起去上课，一起去图书馆看书，好得形影不离。

吉米和女朋友的感情好到让人嫉妒，谁嫉妒？当然是小朱。小朱是谁？小朱是吉米的死党，兼哥们，兼好友，兼室友。吉米从来没有想过，小朱会嫉妒他，甚至撬走了他的女朋友。

两个人连情敌都没有当过，小朱以迅雷不及掩耳之势就把他的女友撬走了，又或者，这不是一个偶然事件，只是吉米没有提防而已，因为小朱是他的好友。

失恋的吉米，耿耿于怀的不是变心的女友，而是小朱这个好友，他对友情这东西产生了巨大的怀疑。大学校园里，优秀的女生那么多，小朱干吗专拣自己的女朋友下手？这个突发事件，使吉米的情绪坏了好长一段时间，吉米想，我跳楼算了，活着有什么意思，真不如跳楼算了。

参加工作后的吉米，有一段时间曾经踌躇满志，事业是男人的立身之本，所以立业是每一个男人的理想。他先是应聘到一家广告公司，做文案应该是他的强项，谁知没有多久，他发现自己做的一个策划案被一个主管冠上自己的名字，开会讨论那个策划案的时候，吉米还以为自己的听觉出了问题，吉米是眼睛里不糅沙子的人，他和那个主管大吵了一场，然后愤而辞职。

辞了职的吉米心情很坏，消沉了很长一段时间，终于又找到了一份新工作，是在一家企业里做项目。吉米工作很努力，勤勉谨慎，一个意向性的项目，跟了很长一段时间，终于有了眉目，想不到却被一个同事捷足先登了。

吉米彻底被打败了。吉米说，太脏了，怎么能这么肮脏呢？吉米后来就有了一个毛病，老是不停地洗手，隔一段时间就洗一次，用很香的香皂，洗完手，吉米会把手放在鼻子底下嗅一嗅，可是他总觉得有一股子味道，没洗干净。

吉米又一次想到了跳楼。吉米跟妈妈说，我想跳楼。妈妈听了，变成了一只爱流泪的老母鸡。妈妈说，傻孩子，妈就你一个儿子，你若跳楼了，妈就不活了

吉米说，妈的意思是，妈若多几个儿子，吉米就可以跳楼了？

妈妈说，傻孩子，你就会胡思乱想，妈是说，妈辛辛苦苦把你养大不容易。

吉米就说，妈的意思是，等吉米还了妈妈的养育之恩就可以去跳楼了？

妈妈说，傻孩子，妈怎么说你才能明白呢？

吉米说，妈妈什么都不说，我也明白的。

后来，吉米又去征求爸爸的意见。吉米跟爸爸说，我想跳楼。爸爸听了，变成了一头愤怒的狮子。爸爸说，遇到问题就想逃避，你还是男人吗？

吉米想了想说，我不想做男人，我想做死人。

爸爸说，做死人很容易，你为什么要跳楼呢？

吉米说，跳楼简单，不能后悔，不用挣扎，瞬间把记忆摔成四散的花瓣。

爸爸说，你连跳楼都不怕，你还害怕活着吗？

吉米说，这个问题我还没想过。

再后来，吉米又去征求妻子的意思。吉米跟妻子说，我想跳楼。妻子听

了，变成了一汪柔情的水。妻子说，跳吧！跳吧！我陪你一起跳。

吉米有些感动，说，陪我一起跳，你会后悔的。

妻子说，我可以陪你一起跳，但你得答应我一个条件。

吉米说，好吧！不就是一个条件吗，我答应你。

妻子说，跳楼这游戏，咱们只玩这一次，以后不许再提跳楼的事了。

吉米说，好吧！我答应你。不过咱们家住一楼，跳下去不过瘾。

天凉的时候，树叶都黄了，有的已经开始脱落，飞呀飞的，像一只一只蝴蝶。妻子陪吉米去看医生，医生说，吉米患了很严重的抑郁症，必须得去心理医院接受住院治疗。可吉米不想住院，妻子便像哄孩子一样说，吉米，我带你去一个地方，那里可好玩儿了，而且还有糖吃。吉米说，我想吃棉花糖，小时候吃过的那种棉花糖。妻子便说，吉米乖，我给你买最大的棉花糖。说完，妻子便哭了，眼泪缓缓地流进嘴里。

吉米想跳楼，不是三两天的事了。

暗　伤

颜妍不想这样的，可是后来，事情的发展以及走向，都不是她所能控制的。她像一个贪玩的孩子，一步一步的纵深，终于使自己迷失，可是那样美丽的风景，终究不是她的归属，她只是一个偶然的过客，清晰而明了，但却终究不能管住自己的脚步。

安就是那片风景，一次偶然的邂逅，安不可遏制地爱上了颜妍，每次看到她，就在她的耳边低语，妍妍，许我一个未来，好吗？她闭上眼睛，大口地呼吸，像一条离水的鱼，这是诗人当年对林徽因说过的话，她不是不知道，就凭她，一个平凡的女子，怎么会有林徽因那样的抵抗力？不能拒绝，但却也不能接受，她对自己一遍一遍地说，这是最后一次、最后一次和他约会，从此后互不相干。可是这句话不知对自己说了多少次，像一个吸毒上瘾的人，明知百害而无一利，却不能拒绝自己。

电话响起来的时候，坐在沙发上削苹果的颜妍，哆嗦了一下，仿佛吓了一跳，手中的苹果悄无声息地落到地毯上，一只手无力地垂下来，顺着指尖滴下来的液体，一滴一滴，温热得像红色的眼泪，悲哀地落在地毯上，乳白色的地毯立刻洇出触目惊心的花朵。

坐在她对面的罗耳看了她一眼，一步抢过来，握紧她的手，然后带她去卧室的抽屉里拿创可贴，颜妍亦步亦趋地跟着他，仿佛他是一根救命的稻草。罗耳嗔怪地皱起了眉头，满眼的不忍和心疼，怎么那么不小心呢？她听了，心便纠结成一堆，对他的歉意愈发深了，眼泪在胸腔里回流，抑制不住，终于落下来。罗耳伸出一只手，轻轻地擦掉她脸上的一颗泪，感叹道，怎么越来越善感了？不过是破了一点皮，哭成这样，像个孩子似的。颜妍愈发控制不住，肩膀一耸一耸的，眼泪汹涌起来，紧紧抱住他的手臂，这只手，擦过她的泪，抚过她的肌肤，烧过她爱吃的菜，可是自己都做了什么？夫妻情分，竟然抵不过一次偶遇？她不甘，可又能如何？

电话再次顽强地响起来，颜妍低头避开罗耳的视线，尽量不和他的目光

纠缠。她伸手拿起电话，声音尽量地平缓，漠然。她嗯嗯啊啊地模糊处理，便挂了电话，转头对他说，打错了。罗不置可否地继续看电视，并不深究。

她看着罗耳的侧影，呆呆地出神，这么好的男人，这么新鲜的爱情，自己却偏偏跑到院子外面去采一只有毒的苹果，她并不想失去他，可是却又禁不住毒苹果的诱惑，心中渐渐地有了犯罪感，风生水起。

罗耳去香港出差回来，送她万多块的浪琴表，她爱不释手地日日戴着，连洗澡也不肯摘下来，仿佛只有这样才能和他离得很近。

安给她打电话，她不再接听，也不再出去，拒绝别人和拒绝自己的滋味同样不好受，可是她不想打碎现在的生活，所以只能让自己受伤和心疼，像一只丑陋的蛹幻化成美丽的蝶形，注定要脱胎换骨，完成一个重塑的过程。

颜妍下班后不再留恋在办公室里，回家的路上顺便去超市，顺便买两样净菜，然后亲自下厨，做两样看起来并不怎么诱人的小菜，罗耳的脸上便流露出惊喜的神情，夸张地在她面前吃得津津有味，颜妍受到鼓励，每天下班后必会亲自去超市，精心挑选搭配，渐渐地，竟然也能烧出几样色香味俱佳的菜式。

罗耳生日那天，她去燕沙给他挑选礼物，在燕沙下面的西餐厅里，颜妍看到了罗耳，可是罗耳的对面坐了一个女人，那么优雅，黑色的长裤配黑色的高领毛衣，颈间一条鹅黄的丝巾使黑色活跃起来，温润如水的目光，波澜不惊地与罗耳对视，看得颜妍浑身酸软无力，像一根绵软的面藤条，慢慢地蹲到地上，时光如流水一般纷纷退去，眼前只剩下罗耳，让她心疼的罗耳。那女子，颜妍也是认识的，是她和罗耳大学同学的妹妹，曾经来过她们家里。

回到家里，颜妍喝了一杯冰水，渐渐平静下来，依然和往年一样，做了几样罗耳爱吃的菜，还买了蛋糕，然后慢慢地等着罗耳回来，等的时候，和罗耳在一起的很多往事，纷沓而至，渐次展开在她的面前。那年她肚子疼，他背她去医院；他的脚扭伤了，她搀扶他在街边的梧桐树下散步，落叶纷纷扬扬，鞋子踩上去，绵软的感觉。

可是不经意间，爱情倦怠了，爱情睡着了，曾经的诺言有了深深浅浅的划痕。

罗耳回来时，面颊浅浅的酡红，他看了一眼桌子上丰盛的菜肴，过去抓住颜妍的手说，宝贝，对不起，公司有点事儿，回来晚了！颜妍点头并不深究。

他只是象征性地每样尝了一口，然后深情地看着她，就像刚才在西餐厅里看那个女孩。颜妍忽然笑了，他怎么还能吃得下？西餐厅里的红酒，沙拉，

还有情调，已经够饱了，何苦还要难为他？她绝口不提刚才在西餐厅里看到的一幕，只是默默地收拾桌子上未曾狼藉的杯盘，手抖得拿不住杯子。

夜里，罗耳在她身边发出的均匀平缓的呼吸，她的内心却惊涛骇浪，想起前不久，罗耳或许和她一样，经历过这样的感受，一种伤痛在内心漫延，那是看不见的暗伤。

一年后，她不经意地问起那个女孩，他平淡如水地说，她去丽江旅行，爱上了一个当地的土著，再不会回来了。

颜妍听了，展开皱了很久的眉头，站在窗边给吊兰浇水，罗耳从身后拥住她，贴着她的耳朵轻轻地说，宝贝，我想要一个孩子，你准备好了吗？

颜妍点了点头，眼泪瞬间夺眶而出。

空瓶子

那年的暑假，很多同学都没有回家，参加学校里搞的暑期社会实践活动，女孩也报名参加了，去贫困山区的希望小学，和那里的老师孩子们一起生活一个月。

临行前，她给父亲打电话，父亲说："你安心去吧，我和你妈在家里挺好的。"

父亲是一家国营老厂的小科长，没有什么大本事，也不会说什么大道理，敦厚老实，虽然挣不到很多钱，但却有一份稳定的收入，所以也算衣食无忧。

两天之后，她收到父亲给寄来的1000块钱，和宿舍里的姐妹们相比，不算很多，但她还是一下子拿出200块钱，请宿舍里的小姐妹去吃饭，这是宿舍里的规矩。

从肯德基出来的时候，已近傍晚，街上车如流水，人声喧哗。回宿舍的路上，几个女孩像小鸟一样叽叽喳喳，一转头忽然发现一个腿有残疾的中年男人跟在身后，亦步亦趋，原来他是一个捡废品的，等着捡她们手中的饮料瓶子。

女孩不耐烦地看他一眼，说别跟着我们行不行？男人脸上露出谦卑讨好的笑，眼睛贪婪地盯着她手中没有喝完的饮料瓶子。

她鄙夷地看了他一眼，把手中刚刚喝了两口的饮料瓶丢给男人。男人说："不着急，等你喝完了把瓶子给我就可以了。"她厌恶地皱着眉头说："我不喝了，麻烦你别跟着我们，以后也别在大街上乱逛，像你这样的人简直影响市容！"

男人并没有计较她说话的语气和态度，捡起那瓶没有喝完的饮料说："白扔了太可惜了，你们这帮孩子这样糟蹋好东西，简直伤天害理。"他用衣袖擦抹了一下饮料瓶子，递给她，她不屑地白了他一眼，说："这么脏的东西，你留着喝吧！"他当真竖起饮料瓶子喝起来。

看着他仰着脖子饥渴地喝着饮料，像几年没吃东西似的贪婪相，她忍不住把准备带回去做晚餐的汉堡一并扔到他收废品用的袋子里，男人红了脸，结结巴巴，语不成句地说："我是捡破烂的，但不是要饭的，我靠回收废品旧物供女儿上大学，不丢人。我女儿念的是北大，和你们一般大，一直都是用我收废品的钱供她念的大学，她明年还准备考研究生呢。"

说到女儿，他的眼睛里瞬间灿烂起来，透着自豪和带劲，是的，他有这么优秀的女儿，有足够让他骄傲的资本。

女孩低着头不出声，内心里受到前所未有的触动和震撼，是的，捡破烂收废品并不丢人，丢人的是自己，拿着父亲的钱心安理得地和同学们比吃比喝、比穿比戴、比奢侈腐败。自己的父亲也会像眼前这个男人一样以自己为荣吗？她从来没有深刻地想过这个问题，只有要钱的时候，才给父亲打电话写信，手心向上，无度索取。

男人走的时候，又回头说："如果爱你们的父母，就别太浪费了，节省一点，你们的父母在家里就可以宽松一点，因为你们花的钱都是从父母手里拿的，你们没有资格浪费。"

她把头深深地埋下，几个女孩谁都不再言语。

暑期社会实践活动结束后，她绕路回家看望父母。在火车站下了车，看见一个中年男人背了一捆旧书旧报旧纸箱，吃力地往前走，她扬起手中一个刚刚喝完水的矿泉水瓶子，对中年男人说："我这里有一个空瓶子，送给你了。"

男人说谢谢！回过头来抹了一把汗，冲她露出笑容。她呆住了，那样宽厚温暖的笑容，那样低沉磁性的声音，这不是父亲吗？

一次次给父亲打电话，父亲在电话里说："我在家里挺好的，你该吃就吃，该花就花，别委屈了自己，好好念书，没有钱了记得打电话告诉我。"

如不是亲眼所见，她真的以为父亲在家里挺好的，其实父亲所在的那家国营老厂因改制分流，90%的职工下岗，父亲也不在例外，两年前就下岗了，每次她回家，父亲都掩饰着拿了母亲给准备的饭盒早出晚归，为的只是能让她安心读书。

而她呢？这两年除了念书，用父亲捡废品换来的钱跟宿舍里的姐妹轮流请吃饭、买衣服、比奢侈，不爱吃的东西扔掉，不爱穿的衣服扔掉，不爱用的书本扔掉，一起扔掉的还有尊严和一种叫爱的东西。怎么就没有想想，那些衣服、饮料、化妆品要父亲捡多少个瓶子才能换回来？

10平米的豪宅

从医院里一出来，他就开始检讨，低声下气的语调里透着温柔："我不该把咱家所有的钱都拿回家给父亲看病，我不该让你窝在那个阴暗潮湿的小房子里，一待就是三年，我不该让你包揽了所有的家务，还得为我操心奔波……"

她使劲推了他一把，笑道："傻样，大夫说我不过是得了慢性肾炎，又不是绝症，你干吗把自己说得像个十恶不赦的坏蛋似的？我没事，过几天就好了。"

他忽然觉得酸楚，是的，她只是得了慢性肾炎，暂时没有性命之忧，可是大夫的话她只知其一，不知其二，大夫说："慢性肾炎如果治疗不及时，结下来会发展成尿毒症，严重的时候会双目失明。"他听了，原本舒展的心一下子揪成了一个小拳头，看不到了，住再好的房子，有再好的家，又有什么用？

32岁那年，他认识了她。那时候，父亲生病，把一个好端端的家拖累到山穷水尽的地步。每次相亲，他都会硬邦邦地把话砸下来："我没有房子也没有车，和我结婚可以，但我挣的钱还不能给你，得拿回家里给我父亲看病。"因此砸跑了很多美女。

后来就认识了现在的妻，她比他小七岁，那时候才25岁，25岁是一个女人的鼎盛年华，像花期的木槿一样美丽。她不嫌弃他没有房子，跟他结婚以后，一直住在爸妈家旁边搭起的偏厦子里，只有十来个平米，冬天透风，夏天炎热。

他在心里自责：她跟他在一起三年多了，没有住上好房子，也没有穿过好衣服，她做梦都想有自己的大房子。可是自己却那么忽略她，以为年轻，以为有一辈子的时间在一起，以为可以慢慢地对她好，谁知道……

周日一大早，她还没起床，他从口袋里掏出一串铜钥匙在她眼前晃来晃去，她被他晃得烦了，就问他："在哪捡到的？还不快点还给人家！"

他白了她一眼说："哪那么好捡？这是我朋友的房子，朋友最近移民到

欧洲，托我帮他卖房子，我们先搬进去，住一段时间再说，你看怎么样?”她兴奋地满脸通红，说：“真的有这样的好事啊？带我去看看!”

他们牵着手，倒了三遍公车，来到海边一个风光秀美的花园小区。她感叹：“人和人就是不一样，我们住那么小的破房子，人家住带花园的洋房，人比人气死人。”

他贴着她的耳朵说：“我努力工作，你好好养病，说不准将来我们能卖上比这还好的房子。”她嘲笑他：“又在给我画饼充饥，如果是气球，早被你吹爆了。”

房子真的很大，180 平米的复式结构，枝式水晶吊灯，德国进口的墙面漆，欧式橱柜，吧台上酒水齐全，卫生间里有电脑蒸汽房，奢华、精美。

她像灰姑娘一样站在地中间手足无措：“这么大的房子，就住两个人，晚上能睡得着吗?”他说能，明天再去照一张大幅婚纱照挂在这面墙上。

看着妻子赤着脚，像一个小女孩一样一间屋子一间屋子看，他的心略感慰藉。谁知她住在这样的大房子里竟然睡不着，吃过药就躺在床上，翻来覆去几个小时，他迷迷糊糊地觉得她翻身下床了，直到隔壁房间里传出钢琴声，他才醒过来，他悄悄地走过去，看见她十个指头柔若无骨地在钢琴上滑行，他惊呆，想不到她还会弹钢琴，问她，她笑，波澜不惊地说：“小时候学过，只是这几年没弹，生疏了。”

在这座漂亮的房子里只住了一周，有一天他下班回来，发现她不在，到处找都找不到，他忽然有些害怕，怕她忽然犯病被送到医院，怕她出门晕倒在路上，给她打电话，关机。给她的朋友打电话，大家都说好几天没看到她了。

他有些绝望，满大街乱走，走着走着，不知怎么就走到了那个只有十来平方米的旧家。还没有进屋，就闻到了熟悉的饭菜香，是他爱吃的青椒土豆丝，苦菊拌海蜇皮。他绷紧的神经放松下来，回到屋子里，故意耸着个脸说：“那么好房子不住，一个人偷偷地跑回来，这个破家你有什么可留恋的?”

她笑了，说：“这么大火气啊？那个房子好是好，可是住在里面，我心里老是不踏实，而且睡不着觉，特别是他们那床，两张分开好远，晚上不枕着你的胳膊我睡不踏实。”

说到后来，她的脸上飞上两抹绯红，那么苍白的面孔，因为这两抹红生动起来。他的心柔软起来，不容分说地对她说：“你收拾一下，明天我们再搬过去，我们总要住到朋友的房子卖掉了才够本。”

她说不。固执地摇了摇头。他也生气了，对着她大声嚷嚷：“你这人真是穷命，想让你过几天舒心的日子，你偏偏舍不掉这个破家。”

她低着头，不言语，肩膀一抖一抖的，他知道她哭了。半天，她才说：“这个家虽破，我住了三年，冬天你为我灌热水袋捂脚，夏天你坐在我旁边，用扇子为我驱蚊降温，日子虽然苦一点，但是我觉得很幸福，听我的话，把那个房子退了吧，租那么贵的房子干吗？咱别花那冤枉钱了？”

这回轮到他怔住了，问她：“你怎么知道？”她得意地笑说：“第一，你根本就没有那样阔绰的朋友；第二，我有证据。”说着，她把一张交房租的收据在他的眼前晃了晃，得意洋洋地说：“这可是你爱我的证据。”

他一把把她抱进怀里，连同爱的证据。只要有爱，草屋亦是天堂。只要有爱，十平米也是豪宅。

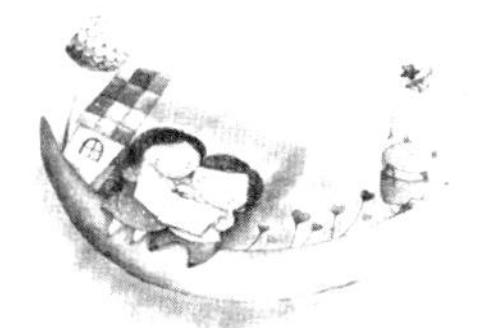

行为艺术

苏茜茜在广场上找林家轩的时候，一下子就傻了。

林家轩很怪异地站在一群雕像中间，摆着很酷的造型，无论是姿势还是眼神，和那些真正的雕像相比，几乎可以达到以假乱真的地步，若不是眼白还保留着原色，简直就是一活脱脱的青铜雕像。

苏茜茜从来不知道，林家轩还有这样的天分和才华。他的眼睛，鼻子，耳朵，还有胳膊，凡是裸露在外面的肌肤都被涂上了青铜色，他的衣饰是清末的装扮，活脱脱一个账房先生的模样，一只手拿着一个旱烟袋，另一只手托着一个礼帽，他一直保持这个姿势，呈定格的状态。

一个姿势保持时间长了，肯定会很累，但是林家轩的身上涂满了青铜色彩，所以看不出他的表情具体如何。

他看到苏茜茜气喘吁吁地找来，示意她在旁边等着别出声。苏茜茜只好站在旁等，她饶有兴致地看着他，发现有很多游人好奇地围拢过来，有人拽他的耳朵，有人摸他的脸，一个漂亮的女孩扯着他的手不肯松开，新奇地尖叫，有温度啊，是活的，快来看啊！这个是活的……

有人甚至干脆把一块、五块的零钞扔进林家轩手中托着的礼帽里，苏茜茜有点受伤，她一把扯过林家轩的手说，你这是在乞讨吗？就算找不到工作，挣不到钱，也不能降低人格去乞讨啊，走吧！不玩儿了。

林家轩看到苏茜茜真的生气了，于是造型也不摆了，跟在苏茜茜的屁股后面嚷嚷，你不懂别瞎说，什么叫乞讨啊？多难听，我这叫行为艺术，行为艺术你懂吗？

苏茜茜有些不屑，说，什么行为艺术？明明就是乞讨，不然人家丢给你的零钞，你为什么留下？你还给人家啊！

两个人走了一路，争执了一路，关于什么是乞讨，什么是行为艺术，乞讨和行为艺术的界限在哪里。苏茜茜气呼呼地说，乞讨就是乞讨，别拿艺术遮羞，别一说事儿，就把艺术抬出来，吓唬谁呢？谁是你吓大的？

林家轩也生气了，说，我这算什么？你没有看到别人搞行为艺术？一个女孩子，在地铁上换衣服，化妆，刮腿毛，按照你的逻辑，人家就是一从事色情勾引的女流氓了？那么在众目睽睽之下洗花瓣浴的，那算什么？

苏茜茜说，反正不会是什么好人，这里肯定出了问题，短路了也说不定。苏茜茜一边说一边指了指头部，林家轩知道她是说人家脑子有病。

两个人争吵得很厉害，几乎到了无以复加的地步，苏茜茜说，林家轩，想不到你是这样的人。林家轩说，苏茜茜，你一点艺术细胞都没有。

苏茜茜是一个可爱的女孩，她和林家轩认识好几个月了，起初她并不知道林家轩是一个行为艺术的狂热者，有一次，她在一家咖啡馆里喝咖啡，走的时候，把一本书忘记在桌子上，林家轩从后面追上她，像小狗一样，用嘴叼着书送给她，他以这特别的方式，让苏茜茜过目不忘。

苏茜茜以为，林家轩的这种行为，只是一种童心使然，所以她一下子喜欢上这个看上去有些单纯的男人。

时间久了，林家轩的单纯行为变成了一种怪异行为，苏茜茜的思维一直停留在正常人的正常状态，而林家轩的思维模式有些超前而且模糊，不好界定，两个人的差距和间隙就越来越大，越来越不合拍，一直都是吵了好，好了吵。

促使苏茜茜离开林家轩的主要原因，还是那次的广场裸奔事件，那天，林家轩说，为了庆祝一个什么会的召开，他们决定在广场上裸奔三圈。

苏茜茜本来要阻止的，可是林家轩说，行为艺术，你不懂，裸奔只是为了寻求天人合一，回归自然的本性，与欲望无关，与文明无关，只想用身体语言跟大自然亲密接触，释放压抑的心灵，让灵魂自由飞驰一小会儿……

有一个问题，苏茜茜始终都想不明白，行为艺术与神经病之间，究竟有多大的区分？界限在哪里？是不是所有的怪异行为都可打上行为艺术的标签？苏茜茜漠然地听着林家轩口若悬河，她知道自己根本无法阻止他，她能阻止的，只有她自己。

那天，苏茜茜站在人群里，看着林家轩赤身裸体在一群人中裸奔，那种时刻，苏茜茜的眼前出了另外一个画面，如果哪一天，林家轩搞自由落体行为艺术，而且拉上自己一起，会是什么样的结果？苏茜茜这样一想，立刻觉得胸口憋闷，呼吸不畅，像中了暑一般，四肢无力，面色苍白，有汗水从额头滑落。她伸手抹了一把，可是额头上没有一滴汗，只是冰冷，冰冷，让人无法忍受的冷。

她转过身，没有再看林家轩，一眼都没看，挤出人群，走了……

天下无贼

车过凤凰小城时，天色已经透亮了，这个有着三百多年历史的小城，在早晨青纱一样的晨雾中，显得古色古香。每次车过这里，我都会从车窗伸出脖子，浮光掠影地瞅上一眼。

扭回头才发现，火车上已经上了很多人，虽不是很拥挤，但已座无虚席。一个四十岁左右的男人，担了两筐葡萄最后上的车，非常熟练地从方便袋里抽出报纸，抻开铺在过道上，然后席地而坐，像是坐在自家的炕头上一样悠然自得。

我盯着那两筐葡萄。籽粒饱满，晶莹剔透，尚且挂着一层白霜，十分地诱人。想必是担到大城市里卖个好价钱吧！

我无心猜测他是做什么的。

是夜里。

母亲打电话来，声音嘶哑而且苍老，微弱得像一只有气无力的猫，可是却一句一句砸在我的心上。我惊悸，从床上跳起来，胡乱地穿了一件衣服，一家银行一家银行地跑，跑了四五家，才在夜间银行的提款机上筹到两万块钱。我揣着这些没有半分感情色彩的纸币，直接去了火车站，跳上了一辆最早开往 D 城的慢车。

我在内心里一遍一遍咀嚼母亲说过的话，那些话像一条毛毛虫在我的心上爬，濡湿而难受。

过道里席地而坐的男人，不错眼地盯着我看，我心中一动，是我长得很漂亮吗？倾城倾国？可是一个卖葡萄的小贩，他的眼光和品味会好到哪儿去？悄悄爬上心头的一丝不易觉察的喜悦，回光返照般瞬间逝去，我被自己打回原形。

可是那个男人又一次把目光落在我的身上，我接住他的目光，与他对视，他的目光便虚弱地躲闪，看着别处。我失笑。也转头看着别处，想想不对啊，这个男人盯着我看，有什么企图？劫色？不可能，我又不是什么静水

照花人见人爱的美女，充其量不过是一个想尽力抓住青春尾巴的女人。

很快否定了劫色这一说，我吓了一跳，剩下的只有劫财一条了？我下意识地摸了摸口袋里的两万块钱，还好，还在，并没有长翅膀自己飞掉，也并没有跟我不辞而别。这可是急等着救命的钱，不能丢的。

我佯装漫不经心的样子，用眼角的余光扫视那个男人，男人有着很宽的额头，有几根纵横分明的皱纹，古铜的肤色，大眼睛，目光很温暖，很真诚，怎么看都不像是坏人。可母亲说，坏人的脸上没有写字，一不能看长相，二不能看穿，我别上了他的当才好。

男人的手上裂了细小的口子，正低着头往手上贴创可贴，抬头时看见我看他，他对我笑了笑，露出一排整洁的牙齿，想说什么，终于没有说出来，一副欲言又止的样子，令我的心中重新布满了疑云。

火车在一个小站上停了下来，坐在我身边的人下车了，那个男人以最快的速度收好报纸，然后挤到我身边坐下来，我侧身往里边挪了挪，他便也随着我往里挪，我有些沉不住气，心跳得很快，莫非要动手了吗？

他扭头看我，用手掩住嘴，声音小得像夏夜里的蚊子，说，哎！

我不可遏制地想起了电影里看到的特务接头，鬼鬼祟祟，肯定没有好事儿。我扭头看他，说，爱什么爱？再挤我，我可喊抓流氓了！

男人闻听此言，把没有说出来的半句话生生地咽回肚子里，脸一下子红到脖子，像喝醉了酒，半天方说，你，你，你这丫头怎么这么说话啊？

男人一时情急，说出来的话竟不成句，我笑，没有再说什么。照我平常的脾气，哪会这么轻易地饶了他？可是这会子，身有重金，又有使命，多一事不如少一事，所以暂且忍着不理他。

真要命，他的眼睛难道是 X 光？隔着口袋就能看见里面的钱？我的心悬到嗓子眼，心里核计该如何脱身，或者去洗手间把钱换到贴身的口袋里，防患于未然。

主意打定，我起身往洗手间的方向走，谁知道那个要命的男人，也起身在我后面亦步亦趋，我心中愤恨不已，蟊贼，你的诡计已被我识破，尚不知抽身，这不是找死吗？

刚想对他发火，他忽然抓起我的手，把一张小纸条以迅雷不及掩耳之势塞进我的手心里说，我下车了，我看你好像有什么心事，别想不开！

我疑惑地看他，就为跟我说这个？他点头，露出憨憨的笑容，回身担起两筐葡萄，随着人流下车了。

我看着他的背影。一直。渐渐地，他担着葡萄，游离出我的视线之外。

抻开手中的小纸条，上面写了一行歪歪扭扭的字，不看则已，一看令我羞愧不已，恨不能找个地缝钻进去。原来字条上写着：姑娘，你忘记把裤子的拉链拉上了。

我低下头，果然牛仔裤前边的拉链忘记拉上了，夜里匆忙，致使春光外露。

我呆怔在那里，半天没有回过神来。

两个人的爱情火车

他向她求婚时，没有送她玫瑰，也没有送她钻石指环，而是送给她一枚红玛瑙的印章，小巧精致，她爱不释手地把玩儿。他说："你被我盖过印章了，你是我的了。"有这么求婚的吗？他独特的求婚方式让她忍不住莞尔。

不是没有不甘，玫瑰和钻石再世俗，女人也不能不爱，何况她只是红尘中的小女人，自然也不能免俗。力争了一回，但没有也就算了，毕竟那玩意儿也不当吃也不当穿，况且他那时的工资，就算喝一年西北风，也不够买一只米粒大小的钻戒。

好在他们的感情一直很好，她在一座学校里当音乐老师，活泼、任性、快乐，走到哪儿都少不了笑声。他在一家公司里当职员，工作不好不坏，收入不算太多，只够温饱，但因为爱情的滋润，所以她们很幸福。

有一次，学校派她去省城进修，为期半年。她本来不想去，都说男人像一个贪嘴的小孩，她不在身边，谁知道他会不会受到诱惑，更何况现在的妖精早已修炼得无孔不入。

倒是他，把她捉到身边，伸手摸摸她的额头，说："没发烧吧？这么好的机会，怎么能轻易地放过呢？"

她生气地扭过身，问他："这么盼着我离开，有新的目标了？"他温和地笑笑："胡说八道什么啊？半年时间，一转眼就过了，你可以回家来看我，我也可以去看你，再说还可以打电话，发邮件，很方便的。他哄小孩似的拍她的背，抚她的发，她终于点头答应了。"

走的那天，他去送她，她拉着他的手千叮咛万嘱咐："我不在家，不许把别的女孩领回家，在大街上看美女不许超过 2 分钟，和女同事聊天不许超过半个小时。"他刮她的鼻子，附在她的耳边说："谨遵女王陛下的不平等条约。"她咯咯地笑。

半年的时间，真的很快，像流水一样。回家那天，她没有通知他，买了他爱吃的麻花、水果什么，想给他一个意外和惊喜。打开门，一股冲鼻的霉

味扑面而来，屋子里乱七八糟的，哪里还像一个家啊，分明是一个狗窝。

她摇了摇头，换了衣服开始打扫房间，却在床头柜的一摞书里找到一枚杜蕾丝，她一下子懵了，她们两个在一起，从来不用那个套套的，家里怎么会有这东西?

她的手抖个不停，血往上涌，一场恶战终没能避免。他抵死不承认那东西是他的，他一个劲地解释："你怎么这么不分青红皂白？这样会冤枉好人的。"他越是卖力气地解释，她越是生疑，更加生气和难过，这种犯了错误还抵死不承认的男人，还要他做什么？她哭："你当我是三岁孩子啊？拜托你用脚指头想想，别人的杜蕾丝怎么会放在咱们家的床头柜上?"

他说什么，她都听不进去，先是分居，然后离婚，他不肯，说："你会后悔的。"她倔将地扬着头，以死相挟。他让步，她以最快的速度辞职离乡，去了省城。

在大都市里，找一份谋生的工作并没有想象的那么难，她卖过保险，当过服务员，最后在一家公司里做了个普通的小职员。

身边也曾有男人来来往往，也曾跟人谈过恋爱，只是她都爱不上，闲时拿出那枚红玛瑙印章，想起他说过的话，你被她盖过印章了，你是我的女人了。她的眼泪忍不住流出来，自己怎么会那么不相信他呢？他说是在街上，艾滋宣传日发放的宣传品，看来并没有撒谎，如果是他和别的女人用的杜蕾丝，他也不会那么公然地放在家里。可是，想明白了又怎么样？米已成炊，开弓没有回头箭，怎么好再去找他？更何况都离婚了，是自己坚持的。

两年后，在省城的街头，再次遇到他，她的心嗵嗵地跳，想着，再也不能丢掉他了，再也不能放手。他也是一样，眼睛里闪着亮晶晶的东西，抓住她的手，竟然在发抖。

他是被公司派到省城开办事处的，再也没有当年的寒酸，衣履光鲜，谈吐儒雅，出手也变得大方起来，送她玫瑰和钻戒，镶着金边的蓝色妖姬，闪着耀眼光亮的戴梦得。

很快，她们开始看房子，置办家具，准备在省城安家，她幸福得像一只小鸟，飞进飞出，忙里忙外。

给一个久未联系的要好的女友打电话，女友说："小米啊，你怎么那么傻，那么好的男人怎么说不要就不要了，白白让别人捡了个大便宜。"

本来她是想告诉女友她要复婚的消息，她不相信地又问了一句："你说什么?"女友说："你走不久，他就结婚了，那么优秀的男人怎么会剩得下?你不要总会有人要。"

放下电话，她就去找他，脸上笑着，心里却在流着泪，她不恨他骗自己，他一定是和自己一样，在后悔。她后悔自己那么轻率地跟他离了婚，他肯定也在后悔，后悔自己那么轻率地再婚。

她泪流满面地对他说：“分手吧！已经错了一次，不能再错了！”他倔将地说：“不，我回去跟那个女人离婚。”

她摇了摇头说，婚姻没有返程票，我们就像跑在两条轨道上的火车，错过了，就永远地错过了，回家跟她好好过日子吧！

她拿出当初他送她的那枚红玛瑙的印章，翻来覆去地看，想起他说过的话，你是被她盖过印的女人，眼泪流了下来。

婚姻就像一列火车，可以在始发站上车，也可以中途上车。可以在终点站下车，当然也可以中途下车，只要火车开动了，就不能拿着手里的这张票，从头再坐一遍。

土豆开花

大学毕业那一年，她像一张白纸一样单纯，没有工作经验，没有职场资历，有的只是初入职场的锐气和满腔热情。大学毕业后，她拿着制作精美的简历以及大学期间发表的文学作品，一路过五关斩六将，顺利地进入这个城市首屈一指的广告公司，应聘广告策划文案，一举成功。

刚到公司时，她被老总安排跟着公司里一个帅哥级人物老邱，其实他还不到三十岁，但大家都喜欢叫他老邱。老邱戴眼镜，喜欢许巍的歌，发型很酷，对她也不错，和颜悦色，但就是不肯教她东西。

午休时，大家在一起闲论公司下一年的计划，他居然支使她去买饮料。他整理文案时，居然支使她去碎纸，收拾乱七八糟的杂物。来公司两个多月，被他支使得团团转，却一点工作经验都没有学到。

她气愤难当，跑去酒吧喝酒，跑去找朋友诉苦，恨不能立时三刻辞职走人，大家都劝她忍一忍吧，说不定转过这个坡，前面就柳暗花明。

想想也是，费了很大的劲，好不容易应聘到这家在行业内叫得响的广告公司，怎么能轻易走人？目前，至关重要的，是找到一个平台，把自己的优点和才华发挥出来，在公司里站稳脚后跟，再图谋更大的发展。

公司的例会上，老总讲形势讲业务讲危机，讲得唾沫星子乱飞，又给公司各部门一一地排了任务，最后终于注意到坐在角落里，像草芥一样不起眼的她，对老邱说，你带的那个新人怎么样了？能不能独立地完成一个文案？老邱不看她，几乎是闭着眼睛在说，她进步很快，应该可以的。老总听了，满意地说：把你手上的案子分一个给她做，我相信我们公司个个都是精英。在掌声中老邱跟着老总的脚后跟出了小会议室。

她坐在椅子上发呆，鼻尖上冒出虚汗，这个老邱不是瞎说吗？什么进步很快，他压根就没教她什么东西，跟着他两个多月，只学会了一个勤杂工的本事，还有就是，她的锐气几乎被消磨殆尽。

生气归生气，尽管自己没有亲自做过文案，但毕竟有理论知识垫底儿，

又看了很多策划成功的案例，所以她还不是十分惧怕的。

和她想象的一样，老邱把手里那个最难做的案子分给了她。听公司里一个老人说，这个案子老邱前后易了几稿，都被客户否定了，所以他现在名正言顺地把手中那个最烫手的山芋丢给她。

客户是一个很挑剔的主儿，唯一的要求是，花钱少，效果好。这可难坏了她这个新人，明知是一个烫手的山芋，可是却没有选择的余地，除了背水一战，把案子做到精致完美，客户满意，别无选择，因为这关系到她在公司里的去与留。

她花了很长时间，研究客户的，资料，产品的性能比，参阅了大量的国内外策划成功的案例，花了三天的时间，写出一个方案，交到老邱的手里。

那天，老邱忙得像一个陀螺，他写的方案又被客户推翻了，心情坏得一塌糊涂，顶着他很酷的发型，心不在焉地扫了一眼她递过去的策划文案，说，做得一般，我再修改下，交上去，看看上面的意见再说吧！

她忐忑不安地等了一段时间，不见有什么反响，以为这个案子被毙了，她的热情被折磨得一点一点地降至零点，觉得自己也许并不是做广告的材料。

心灰意冷之际，公司的例会上，老总忽然宣布，说老邱的广告文案客户非常认同，创意独具匠心，别具一格，而且那个客户决定跟公司续约。

老邱除了拿到不菲的奖金还被冠上了公司里最佳策划等荣誉。例会上，老邱还讲述了他的创作理念和构思文案的过程，只字没有提到她。

她像吃了一只苍蝇一样难受，冲动地想去找老邱理论，凭什么别人的心血，他眼睛都不眨一下，就占为已有？可是冷静下来一想，老邱是个老人，她是个新人，来公司没几天，公司里的人还没认识全，谁会相信她呢？

实在忍不下这口气，而且忍下这口气，就等于纵容和认同老邱的卑劣行为，一个人怎么可以这样不劳而获呢？

思来想去，她把最初的思路和策划初稿复印了两份，一份她给了老邱，如果老邱还不承认这个案子有她的心血的话，她打算再把另外一份交给老总。

其实老邱这个人并不坏，公司里的同事谁有了困难，他都热情帮忙，但是不知为什么，对她这个新人却明显地挤兑和疏远。

她把复印件交给老邱时，老邱的眼睛里明显有一丝慌乱，但很快就镇定下来，他想不到这个初入职场的小丫头片子会跟他来这一手。

老邱抬起眼睛，从镜片后面看着她问，这能说明什么？她淡淡地笑了，这说明不了什么，我还有一份同样的复印件，打算下班后交给老总，你觉得怎么样？

老邱的口吻软了下来，公司里有一条不成文的规矩，新人都要给老人交学费，这很正常，我也是这么过来的。

到我这儿，规矩要改改了，我不是韩国流传于坊间的绘本《不想上班》里的土豆，只会隐忍和逆来顺受，就算是一只土豆，我也要争取一个开花的机会，你看你自己跟老总说呢，还是我跟老总说？

老邱叹了口气，无可奈何地说，还是我自己去说吧，你去说肯定要砸掉我的饭碗，你这只小土豆要开花，我这只老土豆也不想冬眠。

那天下班后，老邱请她吃饭，她原本不想去，但是抵不过老邱一双真诚的眼睛。老邱推心置腹地说，看到现在的你，就像看到当初的我，简直是一个翻版，当初我也像你一样，热情，自信，不服输。这件事情我有错在先，我会找领导处理妥当的。

两只手紧紧地握在了一起，职场上没有永远的敌人，有的只是协作的关系。

原本很复杂的事情，想不到这么容易就解决了，而且她和老邱成了同事加好友，老邱很欣赏她的胆识和才气，两个人于是有了惺惺相惜的意思。

无缝对接

吃过晚饭，沉默了半天的男人说，前两天姐姐给我打电话，说妈妈在乡下老家生病了，时而清醒，时而糊涂。妈妈辛辛苦苦一辈子，到老了连个说话的人都没有，一想起这些，我的心就像被针扎一样疼。受到男人情绪的感染，她的眼圈也红了，情不自禁地说，那把妈妈接来和我们一起住吧！男人一听立马面露喜色。

星期天，她和男人一起去火车站接婆婆。婆婆穿戴干净朴素，看上去气色还好，客客气气地和她打完招呼，然后拉着儿子的手絮絮叨叨，又哭又笑，男人一副逆来顺受的样子，让她看得嫉妒不已。这家伙在她面前常常极尽跳脚、瞪眼之能事，从来没有这么温柔过。

因为爱这个男人，所以她一直对给予男人生命的婆婆心存感激。只是真正在一起相处，她对能否和婆婆和平共处还是心存忧虑。

女人有一个时尚的职业，靠给杂志画插画谋生，SOHO一族。婆婆死活都不相信，她在家里穿着睡衣就能挣到钱。婆婆的概念是要么下田，面朝黄土背朝天；要么在工厂里做工，汗珠子掉在地上摔八瓣，那才叫工作，她这样的叫“游手好闲”。

婆婆刚来的那几天，她尽量争取早睡早起，做个好媳妇，可是没过几天就原形毕露。一大堆的工作压在手里，夜里怎么都睡不着，只好起来做事，负面反应是早晨起不来，婆婆看不惯，故意在厨房里弄出很大的声响，她只好睡眼惺忪地爬起来，跟着婆婆下厨，心中却是叫苦不迭。

一天，她正在电脑上赶一个画稿，忽然停电了。没有来得及保存的画稿全军覆灭，她白白辛苦了五六个小时不说，关键是还会影响杂志社的正常进程。她一下子傻了，忙跳起来检查电源开关，发现开关总闸掉了下来，开关下面还有一把用来垫脚的椅子！

她知道是婆婆干的好事儿，心中被怒气填满，这不是害人吗？她气冲冲

地去敲婆婆的房门，婆婆打开门，很无辜地说，我看你电脑都开了一天，所以关掉电源，想节省点电。

晚上男人下班回来，她悄悄地投诉，谁知男人不但不同情她，还一反常态地反唇相讥，不就是几张破画吗？你再多画几张不就结了吗？她气得差点背过气去。因为她从来没有看到男人这么不讲道理，明明是婆婆不对，却把她数落了一顿。

女人越想越气，最后眼泪掉了下来。

婆婆像一个犯了错误的孩子似的，处处迁就她。但她实在咽不下那口气，不看婆婆大人，也不跟她说话，家里的空气沉闷得让人窒息。

晚上，婆婆做了几个拿手的菜叫她去吃，她没有出去，婆婆红着眼圈走开了。男人进来劝她，她仍然不肯去。男人火了，你到底想吃什么？她赌气说，我想吃海棠果。男人没好气地白了她一眼，心血来潮，上哪儿去买？她梗着脖子看着窗外，不理他。其实她也知道海棠果不好买，还是当年在男人的乡下的老家吃过。

第二天早晨起床，听到厨房里传来低低的争执声。她悄悄躲到餐厅的门后，听到婆婆无可奈何的叹气声，你那老婆也该管管了，整天游手好闲，早晨也不起来给你做早饭，睡到太阳晒屁股还不起床，都是你把她惯的。男人笑嘻嘻地哄她，妈，你别看她整天没事儿似的，其实她的工作很辛苦，整天对着电脑，眼睛疼得直流泪。再说了，她挣钱比你儿子还要多呢。婆婆不相信似的问道，这是真的？

女人心想，这家伙总算说了一句良心话。于是悄悄地溜回床上躺下，一觉睡到下午两点多。起床后没有看见婆婆，也没有在意，可是一直到快天黑还没见着婆婆人影，她慌了，赶紧给男人打电话。

几乎所有能找的地方他们都找了一遍，可还是没找到婆婆，男人急得脸都白了，他不停地吸烟，看得她心疼不已。

一宿无眠。第二天下午，等足了二十四个小时，准备去派出所报案，刚到楼下，忽然看到婆婆的身影，两个人激动得说不出话来。婆婆头发凌乱，满面倦容，衣服上满是灰尘，看见他们，老远便举起两只手，脸上的笑容生动得如同秋天里一朵灿烂的菊花！

婆婆只顾看着他们，不小心绊了一跤，摔倒在地上。她和男人跑过去扶起婆婆，婆婆的手磕破了，掌心里渗出血来，一只手死死地攥住一瓶润舒滴眼液，另一只手抓着一个塑料袋，里面装着的海棠果四散开来，滚了

一地。

农村老家在二百里外，来回要坐车七八个小时！她看着婆婆，不知道说什么好，抓住她那只渗出血的手，把脸深深地埋进去，眼泪簌簌地往下掉，因为她说过想吃海棠果，因为男人说过她的眼睛看电脑疼得流眼泪。

时光真的不能倒流

秦东明最近一段时间有点懵，到处问别人，什么是幸福？人家就说，秦东明，好日子过多了吧？连什么是幸福都不知道了？秦东明也觉得，自己是不是傻掉了？好像掉进了一个怪圈，日日夜夜都在思考这个问题，夜里睡不着见，他看见天上的星星一闪一闪的，他就想，那些星星是不是幸福的眼睛？

那天，同学聚会，秦东明也去了，十来年未见面，大家都老了，那些青葱年华的美丽时光像风一样，倏然而逝，一时间，秦东明有些伤感，有些不知所措。当年，像一张白纸一样的男生和女生，写满了成熟与稳重，抑或淡定或洒脱，浓墨重彩的人生，铺到宣纸上，那就是一段传奇。

杯盘狼藉之余，不知道是谁提议："大家都来讲一讲毕业后这十年中最幸福的事吧！只讲幸福，不涉及其他，也好给别人的人生点亮一支火把。"

只讲最幸福的事，很多同学都陷入了沉思，因为喝了酒的缘故，平常的虚荣与伪装全都卸了下来，只剩下一颗纯粹的心，坦诚相对。

在秦东明的眼里，一直都很虚荣的安小雅首先开了腔，她说："小时候，看到邻居家的小朋友穿公主裙，白皮鞋，坐小汽车去上学，心中就羡慕得要死，常常一个人躲在角落里掉眼泪，为什么我的父母只是平凡的普通人？为什么我要穿姐姐淘下来的旧衣服？为什么我要穿姐姐淘下来的旧鞋子？多年之后，我们长大了，那个穿公主裙的女子，父母离婚了，她失意的时候，只能隐忍在心。而我依旧可以在父母跟前撒娇诉苦，他们仍然平凡普通如草芥，可是，每一次我受伤的时候，他们都会及时伸出温暖的手，接纳我、安慰我，我觉得做他们的女儿是最幸福的事。"

秦东明叹了一口气，这就应了那句老话，同甘是一种考验，共苦是一种铺垫，很难说同甘好些，还是共苦好些，得失寸心知啊！

事业有成的魏子叹了一口气说："在别人的眼里看来，我是一个春风得意的人，事业风生水起，爱情上，刚刚离了婚，重新又做回了单身贵族，成为单身女人的抢手货。可是在我的心中，谁都比不了我的前妻。她是和我一起创业

的女人，那几年，赚了一点钱，和很多暴发的人一样，我立刻找不到北了，饭局、应酬，该管不该管的事我都大包大揽，深更半夜回家，满身酒气。她的劝谏，我每每当成耳旁风，忽略她，甚至讥讽她。她终于忍无可忍，离我而去。她一走，我立刻就清醒过来，一个人在某种程度上，还能和你说真话的人，大约就是身边那个爱你的人。现在我常常半夜醒来，睡不着觉的时候，就想起她，恬淡、从容、智慧，和她在一起相处的时光，是我这十年中最幸福的事。”

秦东明想，失去的就是最好的吧？可是为什么一定要等到失去呢？

坐在角落里，一直没有说话的小强说：“小时候，我觉得能拥有一幢带后花园的别墅，有一辆自己喜欢的小汽车，娶一个漂亮的女人做妻子，那是世界上最幸福的事。或许你们会觉得我的理想太物质，太贪婪，但是，那都是因为小时候穷怕了的缘故，所以我的理想是尽可能地把饼画得圆点。工作之后，我很努力，加班加点，不分昼与夜地瞎忙，期望可以升职加薪，更加接近理想，终于累得晕倒，去医院一检查，亚健康，全身乏力不想动，忽然觉得很悲哀，没有一个健康的身体，就算拥有再多的物质又有什么用呢？所以我现在尽可能地调整作息时间，科学有效地工作，一有时间就参加户外运动。我觉得，拥有一个健康的身体才是人生在世最幸福的事。”

秦东明听到很多人都在讲幸福，他还是有点懵，说到底，究竟什么是幸福呢？秦东明心中的幸福不敢告诉大家，他对幸福的理解和大家不一样，他心中期望的幸福就是时光能够倒流。他想了很多次，如果时光可以倒流，他想自己再也不会和那个叫芳若的女子在一起了，如果没有她，他回家就不用跟老婆撒谎，以至于到后来，撒谎成了家常便饭，成了习惯，连眼皮都不眨，因为一个谎言而说了若干个谎言。如果没有她，他就不会拼命地寻找机会捞钱，把手伸到不该伸的地方，然后没日没夜地担心出事，女人有了皮草，有了钻石，就亲他的脸颊，夸他很能干，可是那种幸福的感觉飘飘忽忽的，没边没沿的，虚浮，惶恐，抓不牢。

秦东明被折磨得快要疯了，自从有了芳若，秦东明的幸福感就没有了，他忘记了幸福是什么滋味，别人都有幸福，他没有。秦东明喝大了，晃晃悠悠地站起来，后来又倒在座位上，别人问他：“东明，你没事吧？”

秦东明就说：“我没事，我没事，我能有什么事？我就是希望时光能够倒流就好了。”

别人说：“东明真的喝大了，时光哪能倒流呢！”

秦东明没有听到别人说什么，他在想，别人都有幸福，可是他没有，可能以后再也不会有了，想着想着，他就哭了，哭得很伤心。

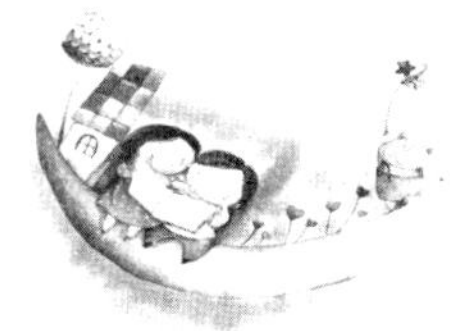

七彩玻璃球

收拾新居的时候，小美意外发现屋角有一只七彩的玻璃球，她拿在手里把玩，不小心掉在地上摔碎了，看起来晶莹剔透的玻璃球，那么轻易就碎了，很多的碎片，亮晶晶的一地，阳光照在碎片上，反射出来的光束刺得她眼睛生疼，然后意识就停顿下来……

那天晚上，她是派对的主人，穿着漂亮的黑色低胸裙，在朋友中间应酬得密不透风，旧同学和朋友自然也很年轻，年轻人聚在一起自然会很疯，喝了香槟又喝红酒，然后唱歌、讲一些荤段子和笑话。

她也喝得有些大了，脚步踉跄在厅里走了一圈，忽然看见角落里有一个年轻人，独自在喝酒，随意地穿着铁灰色的棉布裤子，灰色的高领毛衣，很忧郁的样子。她觉得有些面生，一时想不起他是谁。

分花拂柳穿过人群，她走到他面前说，晚上好！他抬起头来看小美，他的眼睛像一潭清冷的湖水，看她的时候有丝丝的凉意。小美不禁打了个寒战，问他，你是谁？

我是李易。你不记得我了？我是你小学时的同学。

小美拍着脑袋，佯装恍然想起的样子，只是不想让他觉得太难堪。

午夜过后，很多人都散去了，留下一片狼藉的客厅，李易却并不曾走。灯影之下他从怀里变戏法似的掏出一枝玫瑰，递到小美的眼前说，送给你的。

小美接过来惊喜地问，哪里来的。

李易说，我前世就采到这支玫瑰，想送给你，却一直不曾找到你。

小美当他说笑话，于是调侃道，我们前世就认识吗？

当然，有一回发大水把我们冲散了，从此我再没有找到你。今晚，我在那么多人中见到你，所以我来了，你跟我一起走吧？

去哪里？

他说，去很远的地方。

你真幽默。小美笑。

第二天晚上，小美在睡梦中隐约听到敲门声，起床开门一看，竟是昨夜的李易。她惊讶地问道，你怎么来了？

我正好从你楼下经过，上来看看你。他说着又从口袋里掏出一枝玫瑰递给她。

她接过玫瑰深深地嗅了一下，浓郁的香味沁人肺腑，她把这支玫瑰顺手插到昨天夜里插玫瑰的瓶子里。玫瑰的花瓣浓重的血红，晶莹欲滴。

男人轻轻地把她搂在怀里，小美感觉到他的手冰冷冰冷，像一块冰在我的皮肤上滑过，她不想这样的，但却像受到蛊惑一般身不由己，绵软无力。男人低下头找到她的唇深深地吻着，她感到一阵阵的晕眩。她和他整整缠绵了一宿，天亮时她醒来，迷迷糊糊地伸手摸了一把身边，却是空空如也，她一下子爬起来，使劲揉了一下眼睛，真的没人。

小美简单收拾了一下去上班，穿过家门口的林荫道，然后才是繁华的街道，在一家专卖早点的小店里吃了一碗豆腐花。因为常常在这里吃早点，所以跟老板娘很熟了。老板娘一边往围裙上擦着湿手，一边说，这两天怎么没来吃早点？

小美笑，这两天我在家里睡懒觉，没上班。

老板娘说，不知道吧？这两天发生了一件大事，就在咱这街口，一辆出租车撒野地跑，撞了一个小伙子。小伙子当时就不行了，送到了医院。

小美低着头喝着豆腐花，漫不经心地问她，有这事？心里却不以为然，有什么可大惊小怪的，这些马路杀手，哪天还不制造点新闻？

老板娘惋惜地说，听说小伙子就住在离咱这不远的前街，听人说他叫李易。

小美一口豆花没有咽下去，喷了出来，呛得一个劲地咳嗽，老板娘递过来一张纸巾说，听人说他叫李易，你认识他？

小美连忙摇头说，不、不，我不认识。她装作随便的样子问他，你知道他住在哪家医院？

老板娘说，知道、知道，就住在三院。

小美并没有去上班，打了一辆出租车直奔三院。到了医院，直奔护士台，问护士小姐，请问你知道前两天出车祸的小伙子住在哪间病房？

一个年轻的护士说住在407。

她奔着病房就去了，病房里恰好没人，她站在门口远远地望着3号床上一个年轻的男人，已经气若游丝，鼻子上插着氧气管，不看则已，一看之下不由大惊失措，那男人从被子底下露出的裤脚正是铁锈灰的棉布裤子，上身

一件灰色的毛衣，与在她自己家中遇见的男人一样的穿戴，一样秀气的面孔。

小美仓皇地逃出医院，踉踉跄跄地往家里跑去。忘记了坐车，累得气喘吁吁，一双绵羊皮的小靴也跑掉了后跟。

回到家里，想到这两天晚上莫名其妙梦魇一般不真实的情景，甚至还做了那事，不禁瑟缩在床角上发抖。忽然想到今天晚上，如果李易再来怎么办，本想一走了之，可是离开这个家，又能去哪里呢？父母都在外地，自己一个人孤零零地漂在这个城市里，能去哪儿呢！

北方的秋夜，是那种伸手不见五指的黑，夜愈发显得清冷无边。小美正胡思乱想着，李易推门进来了，伸手从口袋里掏出一枝玫瑰递给我说，你今天去看我了？那又何必呢？

小美说不出话来。

李易又说，我前世就认识你，我找你找得好辛苦，我终于找到你时，可是我们又将错开今生。我要走了，再不看看你，就没有机会了。

小美看他的脸，没有半分的血色，但很真诚，怯声问他，你要去哪里？

他说去很远、很远的地方，可惜不能带上你。他这样说着，声音就越来越远。

小美坐在沙发上，觉得自己像做了一个梦似的，回头看了一眼瓶子里的三枝玫瑰，花瓣竟然变得惨白，没有一点颜色。

隔天，她去老板娘那儿吃早点，老板娘神秘兮兮地说，听说李易是前天晚上咽气的，他好像有什么没了的心事，不肯咽下最后一口气，所以很痛苦。真是可怜呢。

小美不语，心中想到，是的，那晚他就是来跟我道别的。

小美是在朋友们一片呼喊声中醒过来的，朋友灌她凉水，掐她人中，好不容易把她弄醒，说她可能是中暑晕过去了，她只是傻笑。本想把刚才昏迷中的事情讲给朋友听，可是又怕大家不信，只好作罢！小美伸开手，手心里还握着一块玻璃球的碎片，在她的掌心里，被阳光一照，折射出七彩的光。

爱情密码

认识他的那一年，正是复刻版的德军制服热，我也在不经意中加入这一股热流，可是我爱的不是制服，却是制服上明晃晃的铜纽扣，那些扣子简直让我爱死了，做工极其精致，简直有些精美绝伦，美得让我绝望，如果不是扣子的背面写有批号和生产厂家的英文字母，简直就可以乱真。

喜欢至极，于是顶着炎炎烈日，满大街去寻找，一条街一条街地走过，都快走到头了也没找到那些扣子，我泄气地坐在街边的长椅上，一抬头就被橱窗里的一条制服版的裙装牵制住我的视线，窄小的下摆，棉布的质地但经过处理，看上去很有质感又很柔软，肩部的搭扣处是两枚小小的铜纽扣，那种草绿的颜色，有着军人的刻板与威严，穿在身上，妖娆中透出刚毅。

我左顾右盼，看着镜子中的自己，有些不伦不类，如果配上长靴，可能效果会更好些。正当我对着镜子搔首弄姿臭美之时，身后不知何时站了一个男人，远远地打量我，我在镜子里一览无余，条件反射地回头看他一眼，他对我微微地笑，像春天里的阳光，露出白白的牙齿，他说，这件衣服不适合你。我淡淡地笑着说，是的，我只是喜欢这两颗纽扣，别的都不重要，再看他，他的笑容就变得有些尴尬。

因为那两枚扣子，我和他结下了不解之缘，有时我会和他相约一起，在滨城的大街小巷里转悠，我找纽扣，他找灵感，饿了一起去西点屋吃蛋挞，渴了拿起矿泉水瓶子往下灌，我笑他，吃东西时，嘴角上挂着幌子，他笑我不像淑女，喝水时，水顺着下巴一直流到衣服上。我们像风穿行在城市的大街小巷，牵着手，没有间隙，没有猜疑，只有快乐。

有一次，我去外地，在候机厅的大屏上，与他不期而遇，他的身边围着一堆记者，他正在跟人家讲着什么，还是嘴角向上微微翘起的笑容，说话时，依旧习惯性地说“是不是”，这三个字是他的口头禅，几乎每句话的尾部都缀上这三个字，我也曾经拿这三个字取笑过他。

我呆怔在那里，他还是他，我却觉得那么陌生和遥远。我傻傻地看着，

手中的矿泉水倾出瓶子，洒到我的裙子上方才知觉。

我有一种上当受骗的感觉，我一直以为他像一个邻家男孩那么普通，可以交往，可以做朋友，可以爱。我忙忙地掏出手机，摁了熟悉的号码，依旧是他熟悉的声音，那么有亲和力：我是小猪可彼，可以为你做点什么？我忽然失语，一句话都说不出来，眼泪急急而落，是的，我能说什么？骂他吗？骂他骗我？可是我们之间从来没有过什么，也没有什么约定，我无声无息地收了线。

后来才知道，他是滨城非常有名气的时装设计师，有一家前卫风格的时装设计室，据说找他设计服装的淑女名媛、社会名流，多得数不过来，如过江之鲫。

后来，我开始留心这个人的资料，媒体时不时会爆出他时装大赛获奖的消息，每听闻一次，我的心都会震颤一次，他离我越来越远，以至于游离出我的视线。

后来，我再也没有去找过他，偶尔他会打电话来，约我逛街淘宝什么的，我总会找一个恰当的理由拒绝。我只是一个庸常的平民女子，有什么理由和那么优秀的男孩子在一起？终于找了一个理由，说自己要去国外读书，彻底淡出他的视线。

那一次，他送了我一套德军改良版的女式制服，不仅仅是改良，而且在原有的基础上，改成时尚前卫，彻底时装化，旧旧的绿色棉布，长裤，窄裤脚，有很多口袋，制服版的上衣，有很多铜纽扣。他暗淡地说，有时间回来看我。

我笑，如花一般，眼泪却在心里回流，他看不到，我知道我再也不会出现在他的视线范围之内，得不到，还不如彻底逃离。

抱着那件衣服，越走越远，终于走到他看不见的地方，安安静静地看书，听音乐，上班，经历了升职，加薪，人来人往的纷繁。有一个午夜，又在电视上看到他，他在电视里侃侃而谈，旁边坐着一个漂亮的女人，想必是他的太太，脚边有一个小孩在玩耍，卷曲的头发，大眼睛，非常可爱。我的内心深处有一丝疼痛渐渐洇染开来，以最快的速度找出当年他送我的礼物，把那套衣服重新穿在身上，镜子中的女人，温柔中透着飒爽，妩媚中透出坚强，眼泪终于忍不住夺眶而出……

不知道什么时候，一枚铜纽扣掉在地板上，我弯腰拾起，在手里把玩，他是了解我的，他知道我的小心思，他知道铜纽扣是我的最爱。我把那枚纽扣放在茶几上，转身慢慢点燃一支烟。磕烟灰的时候，我忽然呆住了，小小的纽扣的背面，刻着精致的英文字母“LOVE”，我的手指忍不住发抖，发疯般把所有的纽扣都拆下来，每一个纽扣的背面都是英文字母“LOVE”，而不是生产厂家和批号。

我无法控制自己的情绪，砸了手边那个精致的玛瑙烟灰缸，那些“LOVE”，与我相逢太迟、太迟，迟到我无法自救。

我把脸埋在掌心里，大滴、大滴的眼泪落下来。用俗常的眼光看待爱，最终使爱像花瓣一样，零落成泥碾作尘。

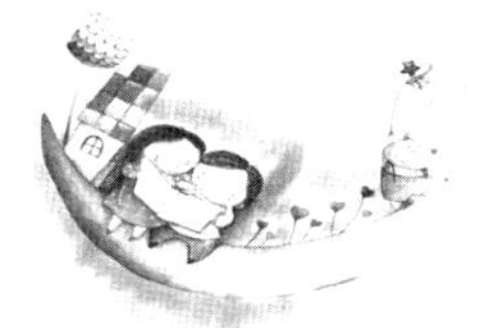

乞丐的尊严

他是一个父亲，一个六岁男孩的父亲。

他做梦也不会想到，自己竟然会沦落为一个沿街乞讨、渴求怜悯的人。街还是那条街，与往昔没有什么不同，人如流水车如游龙，热闹而且繁华。

他把一张硬纸板做的广告牌立在纸箱旁边，上面写着：好心人，求你救救我的儿子，他还那么小，生命还没来得及绽放，可是他患了白血病，需要很多钱，需要好心人的帮助。

他低着头，一声不吭，不敢看街上匆匆的行人，觉得自己比别人矮一头，心扑腾扑腾地狂跳，像做了坏事一般。一整天过去了，他在街角蹲得腿脚发麻，抬头看看天，满天繁星闪烁，没有一个人问津，也没有人给过他一毛钱，他拍了拍身上的尘土，提着空纸箱和硬纸板，抚着一天没有吃东西、饿得咕咕叫的肚子，仓皇离去。

第二天，他改变了策略，把他以前参加抗洪抢险荣立的二等战功奖牌带上，又拿着空纸箱和硬纸板去了那条繁华的商业街。他开始像小商贩那样大声吆喝，请帮帮我儿子，他患了白血病，需要钱移植骨髓。他一遍一遍地吆喝着，眼睛里的泪强忍着没有掉下来，直到嗓子嘶哑也不肯停下来。

渐渐地围拢过来一些人，他艰难地说，请伸出你的手，帮我一把，我儿子需要钱治病，多少都可以，一块两块我不嫌少，谁给我捐钱，我给谁磕头。

一个慈眉慈眼、戴着眼镜的大妈走过来说，小伙子啊，不缺胳膊也不缺腿的，怎么不学好啊，一个大男人蹲在街上要钱，有那功夫还不如打工干活，赚点饭钱不成问题吧？干吗想歪道？人要活得堂堂正正才对得起父母，对得起自己，走吧走吧，以后别再干这种事情了，好好的，干吗诅咒自己的儿子，你缺德不缺德？

大妈的话，让他觉得像吃了辣椒一样，脸上火辣辣的发烧，自尊哗啦一下跌落到地上，但他还是解释说，我不是咒自己的孩子，他真的病了，需要钱移植骨髓，我不是想骗大家，我说的是真的，以前我在广州打工，如果不

是儿子病了，我不会回来的。

他越解释，越引起别人的反感，一个老大爷说，报纸上都说了，像你们这些乞丐部落的职业乞丐，年收入都多少万，拿着别人的同情心和爱心大发不义之财，你们的良心都让狗吃了？

他的脸紫胀得比猪肝还难看，还没有来得及说什么，一个小伙子，一步窜到他身边，飞起一脚把纸箱和纸板踢出去老远，嘴里嘟囔着，拿这么大一个纸箱要钱，你还要不要脸，别以为谁他妈的是傻子。

屈辱让这个七尺男儿的眼泪掉出来，他默默地把纸箱和硬纸板捡回来放好，然后从口袋里把曾经荣立二等战功的奖牌和证书拿出来给大家看，他说，我真的不是骗子，我也曾为国家为人民做过有益的事情，看在这枚奖牌的面子上，帮帮我，不到万不得已，我是不会走这一步的。

人群静默了一刻钟，忽然有人跳出来说，谁知道你这枚奖牌是在哪个破烂市场淘来的，别唬我们了，快点走吧，别在这儿丢人现眼。

是的，报纸上几乎天天有揭穿骗子骗人的把戏，人们听得多了，看得多了，心渐渐变得麻木起来，人们再也不会纯朴得轻易去相信一个人，怕吃亏，怕摔跟头，怕自己的好心换来恶报。路不拾遗、夜不闭户似乎早已成了一个久远的美丽传说。

就在他快绝望的时候，一个二十多岁的女孩给他捐了10块钱，他扑通一声，当街跪在女孩面前，这是几天以来，第一次有人伸出援助之手。他语不成句地说，谢谢！谢谢！

女孩说，我相信你。轻轻的一句话，一股暖流涌进他的心窝，那么平常，那么不起眼的一句话，让他此刻得到前所未有的安慰和底气，世上还是好人多，看来儿子有救了。

那之后不断地有人给他捐款，甚至有人给他捐几毛钱的硬币，乞讨生涯过了好多天，离那个儿子救命的天文数字还是相距甚远，好心人捐助的一点钱无疑是杯水车薪。最后他向中国红十字会申请帮助，结果有人定向捐助了一笔钱给他，帮他的儿子做了骨髓移植手术。

之后，他一边打工赚钱，一边在做义工，回报那些需要帮助的人。

乞丐也有尊严，跌落一地的自尊，是为了换取一个男人做父亲的尊严。

别跟俺借钱

顺子现在越来越害怕回家，到了年节下，他就战战兢兢，坐立不安，生怕母亲给他打电话，母亲一打电话，他就像弹簧般跳起来。母亲如果在电话里问他，回不？他就结结巴巴答不上话，说不回，母亲肯定会伤心难过，他不舍得母亲难过。说回，他心里实在有些害怕，他害怕回家，一回家，就有好多人跟他借钱，不是他惜钱，关键是他没钱。

说来奇怪，越是怕什么越来什么，这不，刚刚才过了八月十五没几天，圆圆的月亮就瘦成一弯小舟，挂在天空上，母亲就打电话来催他，母亲说，顺子，又不回了？不想娘？娘想你咧，想得心慌，早些回啊！

顺子说，回，回啊，哪能不回呢？大过节的，和娘一起最安心。娘在电话那头嘿嘿地乐，不用看，顺子也知道，娘嘴里那颗落了的牙还没有补上，不然说话怎么还漏风呢！

顺子当然是坐火车回的，顺子没有舍得买卧铺，在硬座上挨了整整一宿，身边有一对小情侣大约在热恋中，卿卿我我了一路，吵得顺子不得安生，加上他给母亲买了补品放在货架上，顺子生怕自己一不小心错了眼，被别人拎错了，被别人拎走了，那就有得烦了，所以顺子硬是整整一宿没有合眼，眼不错地盯着货架上的补品。

下了火车，倒汽车，在汽车上颠簸了约摸两个小时的光景，总算又下车了，又走了个把小时的山路就到家了。

远远地，在山坡，顺子老远就看到母亲在院子里剥老玉米，顺子最爱吃油炒老玉米粒，所以只要有老玉米，母亲总会把玉米粒剥下来，然后拿油炒了，留给他吃。他最爱吃母亲炒的老玉米，在他的记忆里，老玉米那种淡淡的清香曾经贯穿他整个童年时代和少年时代。

母亲一边剥着老玉米，一边看着他吃东西，眼睛眯成了一条缝，母亲说，你老舅家的大伟盖新房子，前儿晌午跑来跟我说要跟你借一千块钱，俺答应了他，说等你回了就告诉你。

顺子含在嘴里的一口老玉米还没有吞下，卡在喉咙里，上不来，下不去，大咳不止，咳得弯了腰，咳得流下了泪。母亲跑过来拍他的背，嗔怪道，你这傻孩子，都这么大了，还这样急嘴，又没人跟你抢，吃那么大口干吗？

顺子放下手中的碗，说，娘，你是俺的亲娘，怎么又胡乱答应借钱给人家？不是您儿子小气，是儿子实在是没有钱借给人家，你也不替俺想想，俺只是出去打工的，挣几个有数的辛苦钱，俺又不是出去做大事业发了大财什么，哪经得起这个借一碗那个借一瓢的。这几年，二姨家娶儿媳妇借了六千，三姑家的大哥买车借了一万二，四大伯家的妹子生娃娃还来借了两千，还指不定谁又跑来借钱呢！俺又不是有钱人，真的别跟俺借钱了，照这样借法，俺非但连个媳妇都娶不上，只怕到头来，俺也得到处借钱，然后好借给这一干人。他们真的都那么需要借钱吗？怎么没有一个人替俺想想？

娘的脸上红一阵白一阵，顺子知道自己的话说重了，连忙拿话往回圈，顺子说，娘，他们要借钱，也由不得你，是他们不懂事，跟娘没关系。

母亲不知怎么就动怒了，母亲很生气，说话的声音很大，甚至有些义愤填膺，母亲说，他们跟你借钱是不假，可是他们真的没有安什么坏心眼儿，那些左邻右舍亲戚朋友就是想着跟你借点钱，你会多来家几趟，也好让娘好多看看你，其实他们不缺钱。

娘一着急，说漏了嘴，原来是娘想他，是娘想多看他几眼。

顺子的脸瞬间红了，像蒙了块红布。好几年了，他在大城市里打工，人生地不熟的，左右碰壁，处处看人脸色，忙得脚打后脑勺，希望能闯出自己的一片天地，因而回家少了，看娘的次数也少了，娘想自己想得快疯了，因而大家就帮着娘想出这么一个主意，轮番跟他借钱，他碍于情面也不能不借给大家，因而会多回家几趟，娘也好多看他几眼。

那天傍晚，夕阳落在房顶上，金黄色的光芒耀得人眼睛生疼，顺子使劲揉了揉眼睛，说，娘，儿不孝，儿以后会多回家来看望您老人家，就别让大家伙儿挖空心思来借钱了。

娘也揉眼睛，说，顺子啊，娘不好，以后娘不让人跟你借钱了。顺子说，借就借吧！借了钱，也许儿子还能长点记性。

娘拉着顺子的手，站在院子里说话，那天，娘也不知怎么了，好像有很多话，一直说到太阳下山了，星星都跑出来了，娘的话还没有说完，娘的话不知道怎么就那么多，像碗里的玉米粒一样。

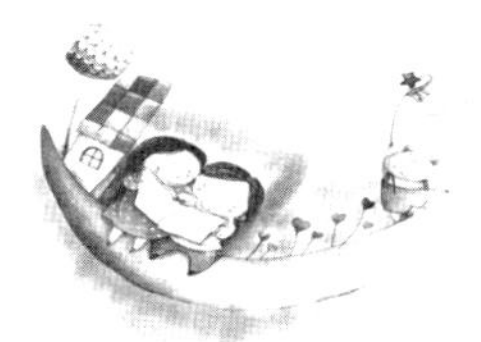

爱如烟花

苏子在网上的名字叫虞姬，千古美人虞姬，这个寓意香艳的名字，使她得意了很长一段时间。爱这两个字爱到极处，索性用来作笔名，在每一张她的卡通画上写上这个名字。

前两天，苏子在网上认识了一个叫西楚的男人，因为叫西楚，所以多聊了两句。比如穿什么牌子的衬衣、戴什么牌子的手表、用什么牌子的香水，常看的书、喜爱的音乐以及常去的网站。

沟通的结果是臭味相投。从村上春树到爱尔兰的风笛。苏子呆呆地对着屏幕，仿佛顺着电线能看到那个和她一样喜欢鸦片香的男人。苏子活动了一下僵硬的手指，揉了一下干涩的眼睛，看看墙上的钟已过了午夜，和西楚说再见。西楚说，明晚十点钟，还在这里等你。苏子赶紧说，明天晚上我不能来了，不要等我。

第二天晚上，她打开电脑就看到西楚，固执地不理他。画了几张卡通的草图，怎么看都不满意，画面又呆又笨，改来改去更不满意了，索性不再理会。点开西楚的留言，西楚说，想你，你是不快乐的，把我的快乐分一半给你。她的心微微地颤抖了一下，皱着眉头笑了，她问自己，想念一个未曾谋面的人吗？

苏子出了门，伸手叫了的士。她拿出手机给西楚打电话，手机很快就通了。西楚的声音在电话那端响起来，是她喜欢的那种，低沉而有磁性的。她说，想见你。西楚说，站在那里别动，等着我去接你。

苏子下了车，就在广场上等，等了很久不见，只好去冰凉的石凳坐下来，双腿不停地晃来晃去。

西楚站在苏子面前已经是四十分钟之后，苏子打量他，三十岁左右，牛仔裤、粗线毛衣，干净的头发，是那个开一间小小软件公司的西楚。苏子觉得他并不陌生，虽然是和另外一个男人住在一起，可是有许多时间却是眼前这个男人在陪她。西楚笑了，说，把我的肩膀借给你，拜托你别说不要啊，

那我多没面子。苏子就笑了，说，带我去吃东西，我饿了。

西楚带她去西饼屋吃西点，厚厚的奶油，像一摊化开来的苏子的笑，苏子像一个没心没肺的小丫头，吃得专心致志，西楚不吃东西，一直在旁边看着她笑。

吃完东西，苏子跟在西楚的后面，上了二十一楼，那里是西楚的家。

有一刻她想逃掉，她想起了《廊桥遗梦》的女主角，之所以没有跟心爱的男人走，是因为她的身后有一个爱她的男人，还有一大群孩子。苏子嘴角牵出一抹笑容，可是她呢，什么都没有，只有一个背叛了她的男人。

西楚用钥匙打开门，屋子虽然不大，但是却很干净，错落有致地摆放着一些东西，音响旁边的架子上摆满了碟片，看过的书还没有合上，散放在床头的柜子上。不，不是乱，是那种有烟火气的生活的味道。

苏子回身瞟了一眼西楚，觉得自己像一个离家出逃的孩子。西楚把苏子的被子放到床上，他自己则抱着毛毯去了客厅。

西楚在客厅里伸头过来问苏子，你有没有男朋友？苏子说，有，不过现在没有了。西楚说，那你现在做我的女朋友好吗？苏子说，为什么？

从前他也是这样说，现在还不是背叛我？西楚说，我不会的。一边说，一边把苏子抱在怀里，伸手去解苏子裙子。一翻身把苏子压在身下，他没有心思去细细品味苏子那如婴儿一般光滑的肌肤。

苏子挣扎着，甚至是哀求的，可是现在西楚根本听不到她的话，就是听到了也停不下来。西楚要进入苏子的时候，苏子在他手臂上狠狠地咬了一口，他疼得皱起了眉头，从苏子的身上翻下来，苏子趁机穿上衣服。西楚说，怎么了？我以为你是爱我的，我以为你想要。

日子一如既往地过，工作一如既往地做，只是她画的卡通草图再也没有得到老总的表扬。有一天，她做完工作，顺便拐进聊天室，并没有看到西楚，也没有见到西楚的留言，她想或许西楚也许很忙。

她一连去了好多天，终于有一天看到西楚，她满怀喜悦地上前打招呼，西楚一语不发就走了。她觉得很受伤，忍不住给他留言，问他为什么不理她了。很久以后，她在信箱里看到一句话，只一句话而已，可是她知道那是西楚写的。

你的一生我只要一天。

苏子忽然想起那晚西楚说过的话，想想心中悲凉无限。

尔后有一天，一个朋友送了个新的QQ号给苏子，苏子于是有了新的网名，叫烟雨红颜，然后在网上闲逛时意外碰到西楚，西楚跟她说了很多的话，

比如穿什么牌子的衬衣、戴什么牌子的手表、用什么牌子的香水，常看的书、喜爱的音乐以及常去的网站。沟通的结果是两个人臭味相投。从村上春树到爱尔兰的风笛。

苏子在电脑前呆掉了，她呆呆地对着屏幕，觉得自己正在慢慢死去，原来西楚跟每一个女孩聊同样的话，用同样的语气，而自己傻到去相信他。那样深深地打动自己的不是西楚，而是自己。

苏子把头埋在双膝之间，长发散乱地披散着，她清醒地体味着有一种疼在身体里发作。

把最好的东西送给你

爹来的时候，他正在洗脸刷牙换衣服打领带，司机在楼下等着，今天要开行业会议，他是主持者，不能迟到。

爹从门缝侧身挤进来，带着一股凉风，他把肩上的一袋地瓜轻轻地放到门厅的地砖上，洁净清凉的地砖上立刻落上一层泥土，他看见有洁癖的妻子皱着眉头转身进了另外一间屋子。

他叹了一嗓子，说："爹。"

爹扎撒着两只手，有些喘，毕竟年岁不饶人，而且他知道，爹肯定没有坐电梯，而是扛着这袋地瓜，一口气从楼下扛到11楼。爹有些骄傲地说："今年雨水好，庄稼都丰收了，咱家的地瓜个个都有胖孩子的腿那么粗，又甜又起沙，多吃点，对身体有好处！"

他知道，地瓜的学名其实叫红薯，可是爹不知道，爹只知道每隔一段时间，便背一袋子地瓜从郊区送过来，看着他们收下，然后再心满意足地倒两遍车，赶回去。

为此妻子曾数次跟他提出抗议："告诉你爹，不要再往咱家送地瓜了，咱们也不吃，每次都堆在墙角，等着生芽，坏掉，然后再背到楼下的垃圾桶里丢掉，浪费了东西不说，你不心疼你爹汗珠掉地摔八瓣，累得骨头都松散了，做那些无用功?"

爹坐在门边的小几旁喝水，他停下打了一半领带的手，看着爹。爹赤脚穿一双胶鞋，裤脚挽得高高的，露出一截并不是十分健壮的小腿，胶鞋的边缘粘了一层泥土，而且胶鞋的前尖有些张嘴，爹不是十分讲究的人，但进城时总会换上一套干净的衣服，这次一定是走得太匆忙忘记了。

他张了张嘴，话到嘴边，又咽了回去。爹看他欲言又止的样子，嘿嘿笑了两声说："你放心吃吧，没事，爹自己种的，保证没用化肥和农药，用的是农家肥，干净，绿色，别舍不得吃，吃完了，下次我再给你送。"

爹说得很大方，很豪情，可是他再也无法忍受，冲口而出："爹，地瓜城里有卖的，早市、农贸市到处都有，没几个钱，花10块钱能买一大堆，您老何必苦巴巴地一趟一趟背着地瓜往城里跑？您不嫌累啊？我们又吃不了多少，您老人家每次背来的地瓜，最后都进了垃圾箱……”

他说得冲动而忘情，回头看爹，发现爹面色铁青，呼吸急促，指着他大骂：“你小子有出息了？忘本了？不吃地瓜这种粗粮了？你忘记了你小时候，每次缠着我要赖，爹，我再吃一个吧？”

那是物质贫乏的年代，和现在的多元化时代无法比拟。但是，此刻，他已无法和爹分辩这些，因为爹被他气得犯了心脏病。

他背着爹，从11楼背到1楼，爹不是很沉，可能和爹每次背那些地瓜上11楼的重量差不多吧，背着爹的时候，他想起小时候的那些事，爹每次把蒸熟的地瓜分给他们姐弟几个吃，他自己不吃，他说他不喜欢吃，可是地瓜那么好吃，又甜又起沙，爹为什么不喜欢吃呢？

把爹送进医院的急诊室抢救，医生说不是心脏病，是急火攻心导致高血压，千万不能再生气了。

那天的行业会，最终他没有去参加，就算是考核他的业务能力，影响升职也是没有办法的事，因为爹毕竟只有一个。他天天陪在病床边，给爹讲故事，买好吃的，给爹洗脸擦手，可是，无论他怎样逗爹开心，爹始终一言不发。

无奈，他只好把爹送回乡下老家。爹一回到老家，就去田里看他的那些蔬菜和庄稼，像看他的孩子一样，眼神里写满慈爱，根本不搭理他。

娘说：“儿子呀，别生你爹的气，在你爹的眼睛里，那些地瓜都是他的宝贝，没有什么东西能比得上，从春天开始，他就选最好的地瓜，放在暖炕上，用沙子培上，然后浇水，育秧苗，然后再一棵棵栽到地里，浇水，松土，锄草，喂肥，都选上好的农家肥，忙活整整一个夏天，然后把地瓜刨出来，选大小匀称的、红皮的地瓜给你留着，他说红皮的甜，起沙。”

他听娘讲爹和地瓜的故事，心中像被淋了雨一样，湿淋淋的难受，原来地瓜在爹的心目中是最好的东西，原来爹把他最好的东西送给了他，他却并不懂得珍惜，反而把爹的宝贝送进了垃圾箱。

他去田里找爹，爹正看着那些地瓜的秧苗发呆，他嗫嚅地说：“爹，等我们家里的地瓜吃完了，您再给我们送些吧！”爹的情绪果然被点燃了，瞬间快乐起来，爹很高亢地说：“没问题，爹种的地瓜又甜又起沙。”

爹的幸福很简单，就是把他认为最好的东西送给他，而他又能快乐地收下。

半　师

有一段时间，她的心里像长了草一般，情绪很坏，坏到极点，坏到不可收拾的地步，无法排解的时候，她就打开电脑，开了文档，胡乱地写下一些文字，然后随手丢到市报副刊的信箱里。Email 方便快捷省事，每隔一段时间，她都会把一些心情随笔、生活感悟之类的文字发过去。

第七封邮件的时候，她意外地收到了回复，电子邮件的背景是很多颗小星星，右下角有两个卡通男孩和女孩，头抵着头，坐铁艺的椅子上，相对用吸管喝着什么东西，浅淡的底色，看上去很温馨。

电子邮件尽管没有信笺那样的质感和温情，但是，她还是被这封淡淡黄底色的邮件轻轻地感动了一下，毕竟不是每一封邮件都有回复。可是，看过邮件的内容，她就生气了，现在的她太容易激动，可能跟心境和遭遇有关吧！

邮件的内容先是肯定了她的文章写得不错，文笔清丽，行文隽永，风格清新，紧接着笔锋一转，说某篇文章里，有一处有个错别字，还有一处，标点点错了，随后就唠叨开了，絮絮叨叨地说着标点的重要性。

她觉得这个人很认真，认真到有些迂腐，不过是个标点，新新人类的文章，标点都是随心所欲，随便断句，有什么可值得大惊小怪的。她牵了牵嘴角，夕阳的余晖透过窗棂打在她的脸上，她暗淡地想，这个编辑怕是有五十岁了吧？一副老学究的面孔，隔着电脑都能闻到其酸腐之气。

对于市报编辑的认真，她很不以为然，再给他发文章的时候，依旧故我。而他也不是每封邮件都回，隔三差五，偶尔回复一下，仍是一副挑剔的眼光和口吻，当然偶尔也会肯定和鼓励，但那样的时候极少。

她有些愤愤不平，不就是一个副刊编辑吗？有什么了不起的？

有一次，她心情不好，正对着家人发脾气，摔东西，母亲唯唯诺诺地站在她的身后，缩手缩脚，任她宣泄。电话就在那种时刻忽然响了起来，是找她的。

一个低沉优雅、充满磁性的男声，很好听，是市报副刊的编辑，他开门

见山地报了家门，然后很不客气地指出她最近一篇文章里引用的诗句是唐代女诗人鱼玄机的，而非薛涛的。她的脸一下子红了，他看不到，但她自己知道，苍白地辩解了几句，无奈他引经据典，据理力争，说她为文空有姿态，华而不实。她想，他是想说自己的文章很空洞吧！他凭什么教训自己？他算老几啊？她淡淡地说，我写文章只为打发寂寞无聊的时光，并不想成名成家，当什么大作家，所以谢谢你的热心。

她狠狠地摔了电话，这时节，她没有心情跟他讨论文章事。可是他的话，还是像鱼刺一样鲠在喉中，上不来，下不去，憋闷得难受。

情绪风暴过去之后，心情终于和缓下来，她上网搜索了一下，发现他说的果然一字不差，而自己竟然犯了一个想当然的低级错误。她坐在电脑前，仿佛时光停滞了一般，她想了好多问题，包括为文的严谨，也许他说得对，如果做，就要尽可能做得好。

她想给他打个电话，表示一下歉意或者谢意，拿起电话的手，停在半空中，却始终没有拨出去。

那天早晨，进手术室之前，她又开始胡乱地发脾气，绝望和恐惧的气息弥漫得到处都是，一波又一波，她无法控制，忍不住又想骂人，可是，想不到他来了，那个常来常往却从来没有见过面的副刊编辑老师，她呆了，张了张嘴，却什么都没有说出来。

好半天，她笑了，说，以为你是个五六十岁的老学究，爱板着脸训人，想不到你这样年轻！

显然，他也很吃惊，眼前的女孩和他差不多大，长发，文静秀气，却坐在轮椅上，正在等待人生中不知第几次的手术。

他抱拿着两本精美的唐诗宋词，打算送给她！他也笑了，说，原谅我的好为人师！

多年以后，女孩真的成了一个作家，报刊和杂志上常常能读到她精美的文章，有了自己的粉丝和读者。当然，她也常常会想起那个有着半师之谊的年轻编辑，想起她的时候，脸上的笑容像花朵一样，渐次盛开。

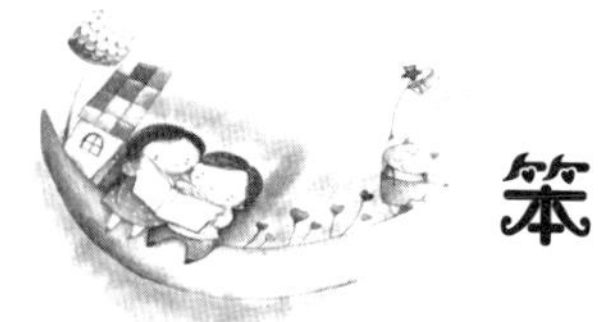

笨

3 岁那年，春风一度，一夜之间，小院里的杏树，结满了累累的花骨朵，开满了杏花，粉的似霞，白的胜雪。父亲兴致很好，一把把她拉到身边，一字一句地教她读诗：小楼一夜听春雨，深巷明朝卖杏花。

父亲的普通话很标准，因此读起来很好听，朗朗上口，可是她却怎么都学不会，一遍又一遍，父亲说一句，然后等着她说，怎奈她就是不开口，折腾了大半天，父亲终于失去了耐心，摇头长叹："小笨丫，你怎么这么笨啊？笨死我了，将来可怎么是好？"

她听不懂父亲的话，仰着小脸，看着父亲发呆。父亲一见，心中来了气，拉起她的小手，手心向上，狠狠地给了一下。她哇的一声哭了，声音很洪亮。

5 岁那年，父亲去天津出差，跋山涉水，遥遥旅途，父亲没有忘记给她带礼物，是天津泥人张的泥塑小人儿，造型各异，生动逼真，栩栩如生。她拿在手里，喜爱得不得了，左看右看，爱不释手，脸上飞满一朵一朵的笑颜。

父亲说："把那些泥人儿，每样分出几个，送给叔叔家和姨姨家的表哥表姐。"因为年龄相仿，所以每次得了好吃好玩儿的东西，父亲总要她分出几个给他们。可是她很笨，分来分去分不均，每次都这样，急得鼻尖上冒汗，居然还把小巧可爱的泥人打了一个。父亲气极，指着她的鼻子骂："小笨丫，笨手笨脚的，什么事情都做不好，可怎么办啊？"

她被父亲骂得哭了，站在门边，低着头抹眼泪，小脸儿被抹得五花六朵，像一只小花猫一样。

7 岁那年，她已经上小学二年级了，学习成绩平平，父亲给她请了家教，可是她总是一副心不在焉的样子，不管是补数学，还是上英语，总会想起小时候父亲教过的句子，比如"小楼一夜听春雨，深巷明朝卖杏花"。比如"天街小雨润如酥，草色遥看近却无"。看见天上的白云，她会说，那是牧人在赶着他的羊群。看见路边的垂柳依依，她会说，那是仙女柔软的长发。

父亲无可奈何，这是什么孩子啊？你说东，她打西。教她的时候，她怎

么都学不会，放弃了，不教了，她又一串串往外冒。7 岁了，还不会系鞋带。

有一次，早晨上学，眼瞅着要迟到了，可她却蹲在地上磨蹭了半天没有起来，原因是鞋带被她打了死结。父亲一下子就火冒三丈："你怎么这么笨啊？系个鞋带都系不好。"

笨拙成了她的标签，走到哪里带到哪里，做什么事情都瞻前顾后，生怕做不好又挨父亲的骂。她的小心谨慎与年龄不相符，让人看了都有些心疼。越是小手小脚越做不好，到后来，索性什么都不做，别人玩儿的时候，她在一旁看。别人学习的时候，她就溜号，想东想西。

到后来，她不但很笨，而且变得有些不合群。

一直到 11 岁，小学快毕业的时候，非常意外地，她得了一个作文比赛的奖项。父亲惊愕的眼睛有些发直，不认识她似的盯着她看："你行啊！你也不是很笨啊！这样全国性的比赛你都能拿到奖项，可见你不是真笨！"她有些生气地说："我本来就不笨，是你天天说我笨，我就变得真笨了！"

父亲张口结舌，说不出话来，低下头，陷入了沉思。

别墅里的逃兵

辛辛苦苦了好几年，又是打工，又是兼职，又是贷款，又是借钱，能想的法子都想了，能借的地方都借了，好不容易在三类区买了一栋小房子，取名雀巢。

窃喜之余，忽闻朋友小高，不仅买上了香车，又买上了豪宅，那可是海边别墅，住的可是城里的有钱有身份的成功人士，可不是我的小雀巢可比的，于是那点小小的高兴，遂掐灭于襁褓之中，看来这辈子要想住上别墅，只怕要攒几辈子的钱还不知够不够呢。

然天无绝人之路，小高移民澳洲，别墅一下子无法找到合适的买家，央求我给他看房子，而且付我工钱，我大喜过望，没出息地心跳加速，真是天上掉馅饼的好事啊，当年谈恋爱那会儿也没兴奋成这样，我假装沉吟了一下问他，我们是朋友，又是同学，帮忙是应该的，别提钱，提钱就生疏了。

小高乐得嘴都合不拢，拍着我的肩膀说，你小子真够朋友，交朋友就应该交你这样的，实诚，贴心。我心说，还给我工钱，就是让我拿钱，住上几天别墅，也不枉人生一辈子。

从那天开始，晚上下班后，我直奔别墅，远是远了那么一点点，倒两遍市内的公交车，然后换乘开往郊外海边的小公汽，然后下了小公汽再走20分钟，如此折腾两个多小时就到了小的别墅。

没有车还真是不方便，可是为了住别墅，这点不方便又算什么呢?

一个人住在大房子里，楼上楼下，那么多房间，外面有小花园，槐花型的水晶吊灯，豪华气派，我抚着那颗不安分的心，吃了两遍安眠药，怎么也睡不着，这哪是人住的地方，这么豪华，一刻千金呢。

天天下班后往郊外赶，第二天一大早起来，再赶回市内上班，累是累了那么一点点，但内心里那一点小小的虚荣却得到了满足，我也住别墅了。

坚持了一段时间，终于吃不消，把老爸接来，送去别墅，让他老人家也享享清福，体会一下人家的日子是怎么过的，顺便帮我缓解一下来回奔波的

苦楚。

谁知老爸天生是一个穷人的命，在别墅里坚守了还不到两个星期就逃之夭夭了，并且振振有词，说那哪是人呆的地方啊，四六不沾边，连个鬼影子都看不到，更别说什么邻居、工友、朋友之类，想下个棋，打个小牌，也只能在电话里跟人比画，不过瘾，我还是回我的泥窝窝，喝酒聊天唱戏，顺便看看你妈的脸色，过我的烟火日子。

我急了，大喊一声，老爸，你这个逃兵，我给你发工资还不行吗?

老爸头都没回地撂下一句话，我过我的穷人日子，你做你的别墅梦，咱们井水不犯河水。

我彻底泄气了，老爸逃了，我还要每天在路上奔波四五个小时去过别墅瘾，实在吃不消，搞得人精疲力竭，瘦了一圈，给小高打电话，犹犹豫豫地说，你还是把别墅卖了吧？我上下班太远了，折腾不起啊！

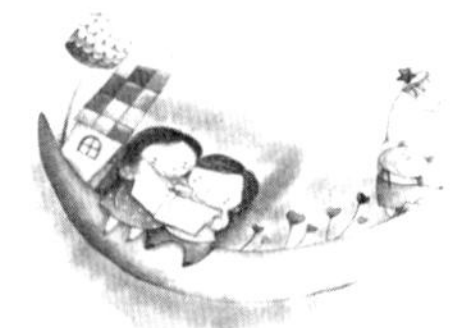

不完美的母亲

中午，她又去学校的门口卖盒饭。

隔老远，蔡小美就听到她在大声吆喝："美味养眼，活色生香，营养搭配，保证干净卫生，都来买啊!"她的声音很有穿透力，在嘈杂如潮的学生中，仍然能独树一帜。

蔡小美不屑地想，说破大天，不也就一个破盒饭吗？难不成因为绘声绘色的描述，就变成了满汉全席？

居然有同学很买她的账，别人卖盒饭，都是门口冷落，唯有她那儿，被围得水泄不通。蔡小美远远地看着，并不走过去，心中愤愤然：早晨还跟她说，别到学校门口卖盒饭，别弄得人人皆知。蔡小美倒不是怕别人知道她有一个卖盒饭的妈妈，而是怕这个口无遮拦又爱占小便宜的女人惹事闯祸。

可是她就是不听，说卖盒饭又不丢人，有什么好掖着藏着的，学校门口好卖，可以多赚点。

还不到中午，这不，又来了。

蔡小美刚刚想转身走开，忽然听到那边吵了起来，一个女生尖锐的声音："阿姨，你明明少找了我10块钱，干吗不承认啊?"她和颜悦色："丫头，我这么大人了，能赖你10块钱？你一定是记错了。"

蔡小美定神细看，那个尖锐的女生是班里的有名的厉害角色，人送外号孙二娘的姚琼琼，这两个人纠缠在一起，一时半会儿肯定理不清个头绪。

姚琼琼指着她说："今天，你不把那10块钱还给我，我跟你没完。"她也不示弱，一边忙着手里的事，一边回姚琼琼："你个臭丫头，人儿不大，脑子挺烂，回家想清楚了，再回来找我。"

刚好是中午放学时间，很多同学围拢过来，不知是谁认出她来，说："那不是蔡小美的妈妈吗？怎么还赖学生的钱？真无耻。"

不听则已，一听蔡小美的脑袋一下子就大了起来。

从小到大，蔡小美都不喜欢她。一直不。

她走路的姿势让蔡小美受不了，像个男人婆一样大步流星，风风火火，没有半点女人的柔媚。她吃饭的样子蔡小美也受不了，像饿了好几年似的，大口大口往嘴里塞，尤其让蔡小美受不了的，是掉在桌子上的饭粒，她会一粒粒拈起来，放进嘴里，有滋有味地咀嚼着。就连她睡觉的样子，蔡小美也看不惯，半张着嘴，满脸都是笑意，肯定是睡梦里又捡到钱包或天上掉馅饼之类的美事让她赶上了。

蔡小美拒绝和她一起上街，实在逃避不了，会和她保持一米左右的距离，在她身后若即若离地跟着。如果在街上碰巧遇到同学，她会迅速把脸儿扭到一边，装作若无其事的样子看着街边的橱窗。当然，蔡小美也拒绝和她一起去超市或早市，因为她受不了她爱占小便宜的样子，为了两毛能费上半天的吐沫，和人家斤斤计较。占到一点小便宜，便会眉飞色舞，喜形于色。吃了一点亏，便会怨声载道，喋喋不休。

有时候，蔡小美坐在窗边写作业，偶尔发呆时会暗自庆幸：幸好自己没有遗传她的基因，一丁点都没有，否则自己在班上肯定是最不受欢迎的同学，谁会喜欢和那样一个小心眼、爱占小便宜的人相处？孤家寡人的滋味可是高处不胜寒啊！

骄傲得像一个公主的蔡小美，其实只是一个卖盒饭的单身女人的女儿，此刻，她站在街边，只觉得脸上火辣辣的，一阵阵地发热。

蔡小美没有采取极端的举动，听着同学的闲言碎语，隐忍了一下午，终于挨到放学。一回到家里，就和她吵了起来。

她挽着袖子，在厨房里忙碌，做了蔡小美喜欢吃的西红柿炒蛋，排骨汤。听到开门声，她对小美说："饭马上就好了，去洗手。"

忍无可忍的蔡小美泪水滂沱，冲着她不管不顾地嚷嚷："吃什么吃？气都被你气饱了，告诉你别去我们学校门口卖盒饭，你偏不听。你多收了人家的钱，赶紧还给人家，贪了那10块钱也发不了家致不了富，相反，我在学校里怎么见老师和同学？求求你给我留点尊严行吗?"

她放下手中的西红柿炒蛋，气愤至极："连你也不相信我？我说没有多收就没有多收，爱信不信。谁给我留点尊严？不错，我是一个卖盒饭的，卖盒饭的就应该没脸没皮，任人羞辱？就应该连人家泼来的脏水我也伸手接着不成?"

在蔡小美的记忆中，从来没有和她吵成这样，哪怕她那么看不惯她的一些行为，也只是暗中指手画脚，从来没有面对面的冲突。

哽咽中蔡小美，不知道什么时候睡着了，睡梦中，犹有同学指着她骂，

有贪小便宜的妈，就有贪小便宜的女儿。蔡小美百口莫辩，所有的怨恨都倾注到母亲的身上。

两个人谁也不理谁，两天之后，蔡小美终于支持不住晕倒了。老师给她打电话时，她发疯般跑到学校，然后打车把小美弄回家。

迷迷糊糊的时候，小美听到她说："丫头，怎么就不相信老妈呢？妈是有很多的缺点毛病，但是，妈真的没有贪你同学那10块钱。妈不优秀，更不完美，可是你不能怀疑妈的人格，更不能怀疑妈对你的爱。你爸去世得早，妈又没什么本事，所以只能尽可能地节省着过，妈像你这么大的时候，也是花朵一般，公主一样，也有梦，容不得一粒沙子的存在，可是生活太能磨砺人了，不是所有的蚌壳里，最终都磨砺成珍珠，也有像妈妈这样，最终被生活磨砺得面目全非。但是请你相信，不管被生活磨砺成什么样子，本质上的东西是不会改变的，为了你，我也会坚守。"

大滴的泪水润湿了心灵，但蔡小美仍然倔强地不肯睁开眼睛。

周一去上学的时候，姚琼琼慢慢蹭到蔡小美的身边，她有些难为情地说："小美，抱歉，那10块钱我找到了，我冤枉你妈妈了，对不起！"

蔡小美的眼泪哗啦一下流出来，想起自己对她的不信任，对她的刻薄，对她的伤害，她扭回头对姚琼琼说："你该道歉的人不是我，是我的妈妈，你残忍地剥落了她自尊。"

放学回家的路上，蔡小美早就想好，回家后的第一件事就是给她道歉。

财迷少年

纪小良同学最近爆出一条热门新闻，几乎惊动了整个学校，让许多教过他的老师、认识他的同学都大跌眼镜，难以置信。纪小良一直是班里的好学生，上高一以后，他的作业一直是班级里的范本，最近有同学借他的作业参考答案，他竟然要收版税，一次0.5元，真是开了班级里的先河，前无古人，后无来者，为此有的同学指责他财迷，他不屑一顾地回应，我不过是尊重自己的劳动而已，有本事你们别借啊！

不仅如此，谁借了他的橡皮，谁借了他的圆规，甚至谁借了他的参考资料，他一律明码实价地收费，因为他的学习成绩一直在班级里名列前茅，很多同学以为他有特别的参考资料和学习方法，所以尽管他财迷到小气的地步，分角必争，仍然有很多同学愿意买他的账，他的“生意”因此显得特别红火。

他的行为让班里的一个女生冷小西看不过眼，背地里，找他谈过几次，纪小良爱搭不理地说：“冷小西同学，我警告你，少管闲事，看我挣得多，你眼红了是不是?”冷小西气得嘴唇发抖：“你可真是不识好人心，我原本想着，你可能是遇到什么困难了，我可以发动同学，大家一起帮助你渡过难关，你不领情就算了，竟然出语伤人。”

纪小良撇撇嘴说：“我的事情我自己能搞定，不用你狗拿耗子。”纪小良说完，头也不抬，自顾自地做起奥数题。

冷小西是个热心的女生，学校里的文艺骨干，她并没有被纪小良的冷言冷语吓回去，相反却越挫越勇，放学后跟踪纪小良，想看看他的家庭状况如何，如果纪小良的经济上有困难，必要时大家也可以帮他一把。

谁知道出了校门，三拐两拐，拐到山坡下，纪小良上了一辆等在路边的宝马，绝尘而去，走出去老远，她才回过神来，天，纪小良看来不像是经济上比较困难的样子，上下学竟然坐宝马，他干吗还要贪图挣同学们的几个小钱啊？冷小西带着满脑子的疑问，步履忙乱地上了停在路边的23路公车。

有一次，趁同学们都不在教室，冷小西拉住纪小良问：“你说人活在世上，是朋友重要些，还是钱财重要些？”小良不耐烦地说：“什么都不重要，唯有证明自己存在的价值才重要。你怎么这么啰嗦？这么高深的理论问题，以后别问我。”说着，他甩开冷小西，一溜烟跑到操场去了。

纪小良并没有因为冷小西的话而放弃自己的原则，他依旧故我，借他的笔记，收版税，借他的复习资料也要收费，渐渐地，他和同学的关系形成了典型的买卖关系，他犹不自知。纪小良过生日时，他的父母请同学们去他家里玩儿，结果全班同学只有冷小西一个人去了，纪小良守着满满的一桌子菜，满不在乎地说：“这些傻子，请他们白吃，他们居然不来，看来只有你是聪明人。”冷小西嗖的一下弹起来，胸口起伏，纪小良就笑了：“气什么气，我说错了?”冷小西冷冷地说：“你是说错了，同学们都不敢来吃你的鸿门宴，谁知道这顿饭要收多少钱啊?”

纪小良从来没有觉得自己做错过什么事，可是这一次，他竟然呆怔在那里，他忧伤地问冷小西：“我究竟做错了什么？他们这样待我，他们自己懒得做作业，抄我的笔记，我收费有什么错？他们让我给讲题，占用我的时间，我收费有什么错?”

冷小西说：“在你眼里，什么同学友爱，什么温暖情谊，都抵不过那几张纸币，是吗？有时候我都有些可怜你，你穷得眼睛里只剩下钱了，你的身边没有朋友，没有要好同学，你这样的人走到哪里都不会有温暖，没有人会和你这样的人做朋友。经济上，我是没有你富有，但是我却有比你多得多的好朋友和好同学。”冷小西不知是因为激动还是气愤，竟然哭了。

那几天，纪小良无精打采的，想起冷小西说的话，觉得好像有那么点道理，但瞬间又被自己推翻了，父亲是自己的人生模板，父亲之所以有今天，父亲之所以成功，他的资产还不是一点一滴积累起来的吗？我靠的是自己的智慧积累原始资产，这有什么错？他怎么想都想不通。

菊花黄的季节，学校组织秋游，去郊外爬山，同学们都欢呼雀跃，换上旅游鞋，戴上太阳帽，买了食品和水放在背包里，一切准备妥当，只待出发。

大家都在教室里闷得太久，出去换换新的空气自然是赏心悦目的事情，一路上有说有笑来到山根底，爬到半山腰开始午餐休息，这个时候最热闹，大家三三两两聚在一起，你吃我的薯条，我吃你的汉堡，你喝我的饮料，我喝你的水，甚至有同学清了清嗓子，开始唱歌。纪小良躲在树荫下，招呼大家：“谁吃比萨？我带了必胜客的比萨。”大家面面相觑，不知道他的葫芦里卖的什么药，没有一个人靠他近前，他赚了一个大红脸。

下午，大家继续往山顶进发，眼瞅着胜利在望，不成想，纪小良居然一脚踏空，摔了下去，顺着坡度往下滚，滚了有四五米的样子，幸好被一棵老松树拦住，才幸免遇险，但还是伤得很严重，腿也瘸了，胳膊上的皮也掉了一大块，同学们都回头观望，并没有人伸出手来拉他一把，班主任老师呵斥男生："快把纪小良同学背下山，送到医院去!"可是同学们并不动，有同学小嘟囔："那种人，平常都钱钱的，这会儿怎么不拿钱摆平啊?"纪小良听了，心中不是滋味。

正在这时，冷小西说："你们都看着不管是吗？那么好吧，我来背。"说着，她跑过来，把纪小良扶起来，有男生们看不过眼，过来把纪小良弄到山下。

纪小良紧闭的双目润湿了，他从来没有想过，自己会这么失败，关键时刻，同学们没有一个对他伸出温暖的友谊之手。

在医院里住了整整一个星期，出院的时候，没有想到高一三班的全体同学来接他出院，冷小西还带来了一大抱象征友谊的白色郁金香，欢迎他归队。纪小良第一次有些惭愧地说："我错了，以后不再乱收费了！希望大家监督，争取早些摘掉'财迷'的帽子。我终于懂得，这个世界上还有比钱更重要的东西。"

酬劳

新搬来的邻居小苏据说是个有钱人，闲着没事儿，站在阳台上偷偷地观察过几回，的确有点像，进进出出开着宝马，有事儿没事儿牵着德国黑贝，据说买狗粮花的钱就够我们全家吃几个月的。他的宝贝女儿才三岁，就给她买了进口的钢琴，为培养她成为音乐家提前做着准备，只可惜了那么好的钢琴，小丫头弹出来的却是噪音，偏偏又有晚睡早起的习惯，害得我牺牲耳朵，闻声起舞，无法忍受。尽管如此，还是非常羡慕有钱人的生活方式，有钱真好，李成儒在一个电影里就说，什么是成功人士？成功人士就是买什么东西，只买最贵的，不买最好的。我们全家都认定小苏是个成功人士。

学校放了暑假，别人都利用假期做点什么，比如家教什么，挣几张钞票，偏偏我对挣钱的事儿一窍不通，天天躲在屋里，写点豆腐块似的小文章，换几文钱买酱油。

忽一日，小苏来敲门，说，老弟啊，我最近打算去深圳搞市场调查，不巧我的助手前天打球摔断了腿，住在医院动不了。你闲着也是闲着，跟我跑一趟，做些文字方面的资料，你帮我这个忙，当然是有偿的，你看好不好？

小苏一脸的诚恳，我就答应了，反正闲着也是闲着，权当免费出去旅游一趟，有人管吃管住，还是有偿，我何乐而不为呢？

小苏的随行人员，除了我还有一个司机。有钱人就是不一样，千里之行，竟然带着自己的宝马和司机，那派头简直是贵宾出访。把车发上滚装船，和我们一起下船之后，开着自己的车去办事方便多了。

白天跑了一天，中午连饭都没来得及吃，小苏搓着手不好意思地说，老弟跟我出来，受委屈了，等晚上一起好不好？言下之意，晚餐会很丰盛。尽管肚子饿得咕咕叫，但我还是若无其事地说，没事、没事，我不饿，晚上再吃。心中暗暗佩服，有钱人的办事效率就是不一样，同时对晚餐的期望值也大大地增加了。

好容易盼到晚上，办完事后小苏带着我们去了一处灯火辉煌的大酒店，

刚在酒店门口站定，我拉拉小苏的袖子说，吃顿饭而已，别太破费了。小苏诚惶诚恐地说，就这儿我还嫌委屈老弟了呢！我一个劲地说，哪里哪里。心说，有钱人就是不一样，这么豪华的酒店还说委屈我了，我们还停留在温饱阶段，人家已经是求质不求量了，人和人之间，差距怎么就这么大呢？

胡思乱想着，小苏说到地儿了，我抬头一看，原来小苏领着我们绕过大酒店，在酒店的后身有一家小店，小得不能再小，屋里炒菜，屋外吃饭，脏兮兮的，苍蝇乱飞。

我皱着眉头呆怔在那里，小苏一个劲地说，委屈老弟了，我也不好说什么，食不甘味地胡乱吃了几口。

有此心理铺垫，不再对小苏抱有什么幻想，所以晚上他领着我们住进一家私人的小旅馆里，并没有吃惊。小旅馆简陋至极，又脏又乱又差，三个人，小苏只开了一间房，三个大男人挤在一个屋子里令人尴尬是难免的，司机是年轻人，年纪差不多和我相仿，似乎对此早已习以为常，趁小苏不注意，贴着我的耳朵说，老哥忍着点吧，小苏这个人就这样，不过人还是不错的。

一个晚上，好不容易熬过去，黏糯的夜，我怎么也睡不着，加上有大批的蚊子不断地骚扰袭击，我抱着毛巾被，坐在角落里，看着睡得又香又甜的小苏和小伙子，恨不能踢他们一脚。睡不着真的很痛苦，翻来覆去，怀想在家里过的穷日子，心里只盼望着快点结束这次管吃管住的免费旅行。

天亮时，刚蒙蒙胧胧地闭上眼睛，小苏便残忍地把我叫醒，说，老弟，今天还有很多事，早点起来，再坚持两天，我们就可以回家了。

我迷迷糊糊睁开眼睛，看到小苏的一张笑脸，我不满地嘟囔着，小苏，你有那么多的钱，又不是天天出门在外，至于遭这样的罪吗？小苏的话掷地有声，让我大跌眼镜，他说，傻小子，出门在外，谁也不认识我们，吃点苦受点罪都不算什么，有钱要学会花在刀刃上，回家了，开宝马坐奔驰，别人也看得到啊，这叫有粉往脸上擦，有花往头上戴，闻听此公的谆谆教诲，不禁心中豁然开朗，虚荣心真是一把厉害的小刀，一刀一刀割得我们肉疼。

以为可以享受一次的免费旅行，在我的不堪忍受中结束了，回到家里，刚喘了一口气，小苏又来敲门，我忙开门，沏茶端水，小苏说，老弟啊，这次多亏你帮我，也不能让你白忙乎，这点心意送给你，千万别拒绝我，否则就是不给我面子。我这才注意到，他居然拎了两个大方便带，全是火腿肠，有 20 多斤，他笑，这是我自己的厂子里出的，卖不掉，白放着就坏了，你拿去吃。

我忽然明白，这是他当初说的有偿帮忙的酬劳，心中不禁有气，这些有

钱人，个个都是吝啬鬼，于是开玩笑道，有钱人是不是都像你这么小气？坐着奔驰宝马，给这几个钱，居然用火腿肠顶着，亏你想得出。

小苏红了脸，悄悄从门缝溜了出去。

面对两大包的火腿，这可难坏了我，怕坏了，一会儿放到冰箱里，一会儿搬到冷柜里，天天请朋友吃饭，火腿炒辣椒，火腿炒苦瓜，这么说吧，炒菜的配料全是火腿，我要想办法把火腿，我的酬劳，消灭在没有变质的状态中，害得朋友们看到我，全都绕道而行，生怕我再请他们吃火腿宴，辛辛苦苦挣来的酬劳成了我的心病。

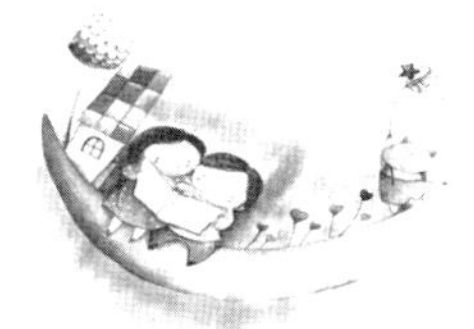

葱花味女人

结婚之后，她变成了一个恋家和热爱厨房的女人，下班回家了，门开了，她站在门里，头发散乱地用一根橡皮筋扎在脑后，穿着一件宽大邋遢的大T恤，下身穿了一条花短裤，胸前围着脏兮兮的围裙，右手提着炒菜用的铲子，左手在围裙上来来回回地蹭。看着他，笑得没有分寸，露出嘴里两颗小龅牙，说，我是你美丽的小厨娘。

从前他是那么喜欢看她笑，那两颗小龅牙，虽然不那么精致，可是他喜欢。现在看到她笑，竟然忍不住说，哪天找个好一点的牙医，把那两颗龅牙修一下，她听了，笑容一下子凝在嘴角。

夜里，闻着她身上的葱花味，他竟然有睡在厨房里的错觉。

从前的心头好，如今居然变成一块鸡肋，女人善变，男人也不例外。他开始喜欢在办公室里耽搁，下了班也不肯回家，因为公司里来了一个年轻漂亮的女孩，是公司新招的德语翻译，大方，能干，敬业，眸子里闪着职业女性那种特有的自信，给死气沉沉的办公室里注入了新的活力。

女孩和他握手的时候，嫣然一笑，落落大方地说，请多关照！他的心嗵嗵跳了两下，那种久违的感觉令他心慌意乱。

像三流电视剧的情节，他和女孩有了下文，相恋，同居！他回家急不可待地和妻提出离婚！妻虽然不同意，但却阻止不了他出轨的脚步。

和女孩同居的日子，像万花筒里爆出的烟花，绚烂而美丽，美中不足的是女孩不喜欢下厨，也从来没有下厨亲手为他做过什么，她的身上没有葱花味，只有好闻的甜香型香水味。好在他并不在意她是否下厨，男人和女人在一起，并不是为了吃东西，而是因为相爱。

女孩喜欢他骑摩托车载她兜风，他喜欢女孩坐在他身后尖叫，刺激而新鲜。

有一次去郊外，一处悬崖上开满了金黄的野菊花，她怂恿他爬上去采花，为了博得心爱的女孩一笑，他真的爬了上去，结果摔下来，右膝骨折。

拍片子，做X光透视，不停地换药，在医院里折腾了好长一段时间，终于吃厌了医院里的饭菜，忽然想起从前，妻做的可乐鸡翅，但他不敢对女孩说，只说想吃女孩亲自下厨烧的菜，怕女孩不答应，加重了语气，说得很诱惑，没想到女孩答应得非常痛快，他开心地在女孩的脸蛋上捏了一下。

女孩回家做饭的时候，他趴在窗台上看外面的小鸟打架，目光渐渐落在街边行人的身上，一个女孩窈窕轻盈，穿着长靴，酒红的长发在风中张扬地飞，真的是她，他看着她走进了街边的一家饭店里，他盯着那家饭店进进出出的客人发呆，很久。

女孩回来，他笑着问她，你给我做了什么好吃的？女孩笑，说，是可乐鸡翅，你尝尝。他拿了一块放在嘴边，问她，是你亲自下厨做的吗？女孩点头说是，笑问好吃吗？他说好吃好吃，脸上笑着，心里却在流泪，因为她在骗他。

在斜阳下，他想了很多，想起从前，每次下班回家，妻必定是在厨房里迎接他回家，做很多很多好吃的给他，他曾无比厌烦地吼，我找的是妻子，不是厨娘，你为什么就那么贪恋厨房呢？

想起从前的种种往事，他终于忍不住打电话给她，我想回家，你能来接我吗？她犹豫了半天，在他快要放弃的时候，她答应了。

他高兴起来，竟然哼起了歌，想着那么久没见的她，她会变成什么样子呢？会不会更邋遢了？

她来的时候，整个房间都靓了起来，她穿着精致的衣裙，高跟鞋，身上隐隐地逸出香水的淡香，一如他初次见到她时的样子，优雅，睿智，而不是他熟悉的炒菜炝锅的葱花味。

她接他回家，家里没有一丝烟火的气息，厨房的灶具上落了一层薄薄的灰尘，他伸手摸了一下，问她，你可以再为我做一次可乐鸡翅吗？她答应了，看着她换掉高跟鞋，熟练地穿上围裙，起火，炝锅，20分钟之后端出一盘色香味俱佳的可乐鸡翅。

他终于明白，没有人天生愿意做饭，哪怕为自己。他离开的日子里，她必定没有为自己烧过一餐饭，只有为所爱的人，才会心甘情愿地忍受烟熏火燎。相爱的人在一起，过的是烟火生活，而他却一直停留在风花雪月的表层，连他喜欢的那个女孩，其实亦不过是她从前的翻版，可是那个女孩却不愿意为他下厨，怕下厨弄坏了十个手指上精致的蔻丹，怕被烟火熏成了黄脸婆。

活了小半辈子，他终于明白了一个道理，那个肯为你下厨的人，那个肯为你忍受烟熏火燎的人，一定是最爱你的人，比如小时候的父母，长大后的妻。没有经过柴米油盐的洗礼，再好的爱情也不过是空中楼阁。

大象与蚂蚁

苏小馨爱上了容若，全班同学都知道。爱到痴迷，爱到狂热，爱到发烧。像那些追周杰伦、追韩寒、追李宇春的粉丝一样，她是容若的粉丝。

吃饭的时候想，走路的时候念，就连上课也常常走神。有一次她正在琢磨纳兰词中的意境，忽然老师叫她起来回答问题，她一张口，一句词就溜出来：风一更，雪一更，聒碎乡心梦不成，故园无此声。同学们哗的一声乐出来，声浪能掀翻屋顶。再看老师的脸，跟紫茄子的颜色差不多，声色俱厉："苏小馨同学，又梦游了？去哪里旅游去了？你有没有搞错？这是数学课，背的哪门子纳兰词？像你这样走火入魔的状态，明年怎么参加中考？"

连续的几个问号，把苏小馨砸得晕了，她一句话说不出来，吭哧了半天，脸红得像窗台上的仙人球开出的小红花，羞涩失语，低下头，对着课桌掉眼泪。

身后的男生李泽宇悄悄地在桌子底下踢她的椅子，她回身瞪他一眼。这个幸灾乐祸的家伙，每次她挨了老师的批，他都会偷偷地乐上一阵子，然后再颠颠地跑回家里，向她的老爸老妈打小报告，添油加醋地描述一番，不把他们搞得义愤填膺，想要抽她的大嘴巴子不算完。

比如上次，她不过是在开满槐花的树下跟隔壁班那个有点酷的男生讨论了一下纳兰早期的词，李泽宇便颠颠地跑回家，告诉她的老爸老妈说她有早恋的倾向，气得她老爸老妈两周没有理她。她跑去问李泽宇，干吗无中生有，惹是生非？李泽宇振振有词，说："是你老爸老妈把你交给我了，让我监督你，你以为我容易啊？我还不是为了你好？救你于泥潭边缘，你不领情就算了，还跑来找我算账，真是好心没好报。"

李泽宇的委屈，让苏小馨觉得很无聊，这个男生和她从小一起长大，两家是门对门的邻居，夜里睡觉，说一句梦话，隔壁屋都能听到，彼此熟悉得都失去了想要了解的愿望。

偏偏就是这样两个人，针尖对麦芒，见了面就掐，不掐出个输赢不罢休。

这会儿，李泽宇在身后踢她的椅子，她知道没什么好事，所以根本不搭理他。下课时，李泽宇把一张小纸条悄悄塞进她的手里，然后转身跑出教室。她抻开纸条，傻傻地看了半天，然后忍不住乐了。

是一张漫画，画面上是一个古典美女，对着一朵花在掉眼泪，眼泪的下方有一只碗，旁白是一行工体小字：装眼泪的碗如果不够大，我们家还有更大的，可以考虑借给你用几天。

苏小馨当然知道李泽宇是在讥讽她，风作衣裳，雪作肌，明明什么事情没有，却偏偏要多愁善感，替古人担忧，为一朵花落泪。她之所以没有恼，是因为李泽宇三笔两笔勾勒出来的人物，非常可爱，神似而夸张。更绝的是他的创意，眼泪居然要用饭碗装，难为他想得出。

她第一次觉得这个一直和他作对的男生，也有可爱的一面，也有浪漫温情的一面。

那天放学，苏小馨第一次跟李泽宇一起坐公交车回家。车上，她第一次很坦诚地问他，我知道你从小就喜欢画画，喜欢到痴迷，可是为什么你喜欢画画，却并没有耽误学习，反而学习成绩更好？为什么我一喜欢容若的词，成绩就直线下滑，滑到惨不忍睹的地步？这是为什么呢？

李泽宇笑了，他的笑容像风，仿佛透明。他说："别不停地问我为什么，我也不知道为什么。"苏小馨生气地扭转身子，看向车窗外，不理他。他说："跟你开个玩笑，你就生气了？其实你只是没有理顺主次关系。如果你不想上大学，你可以一直躺在纳兰容若柔软缠绵的温柔乡里。我和你不一样，我的梦想是上大学，上最好的大学，我做梦都想抱着书本走在清华园里，我做梦都想去国外留学，所以画画和我的理想相比，就像一只蚂蚁和大象，我不会因小失大。"

苏小馨不认识似的盯着身边这个男生，高，瘦，不很帅，从小到大，一直觉得这个男生无厘头，事妈，从来没有正眼看过他，可是现在，此刻，她忽然觉得自己有些不认识他了。

她和李泽宇不一样，表面上看是一个温柔和顺的女孩，骨子里却是倔强而叛逆的。老妈让她喝补脑液，她偷偷地倒进马桶里，内心里并没有什么不安。老妈让她考一流的大学，她偏偏抱着纳兰词，掉进清风朗月的诗情画意里。她从来没有像李泽宇那样，理性地想想自己想要什么。

苏小馨依旧很喜欢纳兰词，只是不会再像从前那样痴迷和狂热到上课也偷偷地看，而是把重心转移到学习上来，她终于明白，所有美好的事物都建立在一定的基础之上。杜甫因为战争和离乱，写出了那样忧国忧民的诗。曹

雪芹因为经历了那样盛世，才写出那样一个贵族家庭。而容若，若不是出生于世家，哪有闲功夫吟诵那些风花雪月？早去为衣食忙碌去了。

苏小馨终于知道自己想要什么，那就是和李泽宇一样，在最好的大学校园里漫步。

期中考试后，李泽宇找了一个机会又塞了一张小纸条给她。她找了个没人的角落，偷偷地把纸条拿出来看，依旧是李泽宇的漫画大作：一个女孩很夸张地嚷嚷着：谁怕谁啊？她知道这个是她。一个男孩蔫头耷脑地举着白旗：被你打败了。她知道，那个是他。旁白：没有机会再打小报告了。

苏小馨会心地笑了。

底 线

那天晚上有些胃疼，吃了药好容易睡着，忽然被一阵骤响的电话铃声惊醒，我抓起电话，没好气地问，谁啊？都这晚了。电话彼端响起一个怯怯的声音，有一件事情在我心中憋很久，想找个人说说，不然我睡不着觉。我忍不住低声笑起来，先生，你真幽默，我这不是倾诉热线，再说现在是午夜两点，有没有搞错啊？刚想挂掉电话，彼端的男人像长了千里眼一样，用近乎哀求的口吻说，只占用你十分钟的时间，麻烦你听听，那件事搁在心里，真的很难受。

半年前的一天中午，我沿着市场路回家，走到十字路口，红灯亮了起来，我停下脚步，下意识地伸手摸了一下口袋，这一摸不要紧，我的脑袋一下子大了，冷汗刷的一下冒出来，口袋里的5000块钱不见了。

这钱可是急等着救命的。我的女儿在加拿大留学，一年学费要二十万，我和妻子的工资都不高，加起来一年三万块左右，除了第一年，倾尽家里所有，还借了一点凑够给女儿的学费之外，女儿很争气，知道我们不容易，她一边上学，一边打工挣自己的学费，基本上没用我们操什么心。

可是前段时间，她打电话来，说生病了，住在医院里，没有打工，手里没有钱，连饭费都成了难题，她哽咽地说，希望我们能帮帮她，给她汇一点钱。一方面我心疼女儿生病没钱人生地不熟的境遇，另一方面我又痛恨自己的无能，因为我手里一分钱都没有，女儿走后这两年，我一直在忙着还饥荒。现在，又把好不容易弄到手的钱弄丢了。

我沮丧万分地沿着那条路往回走，见着人就问，有没有看到我丢的钱？路人都在摇头，就在我近乎绝望的时候，看见路边有一个年轻的女人，三十几岁的样子，手里拿着一个牛皮纸纸袋，脚边站着一个五六岁的小女孩。

我想告诉她那钱是我的，可是又怕她不相信，把事情搞砸了，所以没敢冒险，于是坐在离她们不远的长椅上，用一张旧报纸遮住脸，观察那母女俩的行动。

那天天很热，该死的知了一个劲地在树上叫，叫得人心烦，女人和小女

孩一直坚守在太阳底下那个丢钱的地方，等着失主前来认领。女人隔一会儿就挥手抹一把额上的汗，路边有卖冰淇淋的摊子，有手里擎着冒凉气的冰淇淋的孩子从她们的身边经过，小女孩眼馋地吸吮了下嘴唇，仰着脸问妈妈，给我买一支雪糕吧？妈妈说，不是跟你说过了吗，今天妈妈出门的时候因为着急，忘记带钱包了，改天再给你买。

小女孩不甘心地盯着妈妈手里的牛皮纸袋，眼睛一眨不眨地说，可是我们现在有钱了，那么多的钱，能买好多冰淇淋，给朵朵买一支冰淇淋就够了。小女孩的口气由商量转为乞求。妈妈叹了一口气，蹲下身说，朵朵乖，这钱不是我们的，不能花啊，一块钱也不行。

我松了一口气，想来女人和小女孩不会太难为我，刚想过去认领，听见小女孩说，妈妈，这钱留着给我治眼睛吧！妈妈不是说我的眼睛再做一次手术就能彻底看见星星了吗？女人叹了口气，摇了摇头说，等妈妈把钱攒够了，就带你去治眼睛。

我这才注意地看了看小女孩，看不出任何的异常，如果不是偷听了她们母女的对话，我真的看不出来她是个盲童。

我急了，我真的害怕她们把这钱据为己有，我哗啦一下扔掉报纸，走过去，结结巴巴地说，钱是我的，可以还给我吗？女人笑着问我，总共多少钱？有什么凭证？我结结巴巴地说，钱是5000块整，用牛皮纸袋裹着，牛皮纸的反面用油笔写着数目。女人核对了一下牛皮纸反面的凭证，然后笑吟吟地把钱还给了我，叮嘱我，别再弄丢了，挣点钱都不容易。

我连连点头答应，把我的电话号码写在一张小纸条上留给她。问她的电话地址什么，她腼腆地笑，说，谁捡到都会还给你的，这是做人的底线。

女儿要钱，我急得抓耳挠腮，这两年除了还饥荒，根本没有多余的钱，那天去朋友那儿想借点钱，看到朋友的钱随意地丢在客厅的茶几上，我想都没想就“拿”了一打揣进口袋里，朋友是生意人，为人豪爽，对钱没有概念，请人吃饭，一掏一大把，眉头都不皱一下，所以起了顺手牵羊的杂念。

那个男人在电话里，反反复复地说着一句话，我是好人，你相信吗？我说相信。他说，如果不是那天偷听到小女孩和她妈妈的对话，我仍然会心安理得，朋友的钱那么多，我只是“拿”来急用，又不是去挥霍。可是小女孩的妈妈说，做人要有底线，滚滚红尘中，我的底线哪去了呢？

当然，后来我悄悄地把那笔钱还回去了，可是这件事像一块巨石一样压在我的胸口，现在说出来，心里舒服了很多。我却想，他舒服了，我却被这个转嫁过来的故事弄得再也睡不着。

爹的虚荣心

爹越来越虚荣了，爹是从什么时候开始变得虚荣了呢？这个小雅还真说不准。大约是从她考上大学那一年开始的吧？

记得那一年，小雅考上了北京的一所大学，成为村里不多的几位大学生之一，爹兴奋得像吃错了药，在家里连续摆了三天的酒，亲戚朋友街坊好友都请到了，大家轮番前来祝贺，爹说，我们家小雅，从小我知道她最有出息，她和别的孩子不一样，她聪明，要强，往后好了，等她在北京立住了脚，你们有什么事情都尽管找她。

爹的一句话，几乎没要了小雅的命，从她到北京念书开始，就陆续不断地有亲戚朋友街坊到北京找她。那时候她还是一名学生，在北京人生地不熟，两眼一抹黑，可家乡的那些人可不管这些，三姨家的二表哥的小妞妞生病了，到北京找她，小雅说，我不认识医生也不认识医院在哪里，找我也没用啊！二表哥生气了，回家对爹说，你们家那丫头，是有出息了，在北京混得好了，眼睛里根本没有我们这些乡巴佬，让她陪我们去趟医院，她都推三阻四的，以后别再让我们去北京找她了，人家不理我们，丢人丢不起啊！

假期回家，爹把小雅狠狠地骂了一顿，爹说，你这丫头，越来越目中无人了，大家去北京找你，那是因为大家看得起你，给你面子，你得瑟什么？你再得瑟也是我的女儿，都是乡里乡亲的，能帮的忙你干吗不帮？

小雅想分辩几句，可爹说，别解释了，记住了，以后村里人去找你，不管是谁，都要热情相待，有求必应，不然爹在村里，挺不起腰，抬不起头，爹还怎么做人啊？

后来，二姑家的大表哥去北京旅行结婚，小雅怕爹不高兴，于是热情相迎，用了一个双休日外加请了一天的假，陪他们游览了八达岭长城、颐和园、天坛，还起早去天安门广场观看了升国旗。大表哥可高兴了，回到乡里好多天还念叨，小雅的学校可大了，又漂亮又好，比咱们乡政府不知大多少倍呢！小雅可有学问了，那些皇上和妃子的事她全都知道，下次去北京还找她，她

一讲，我们心里就透亮了。爹听了，可高兴了，在村东走路的时候，背着手，腰板挺得直直的。

小雅结婚的那一年，是小雅在北京待的第十个年头，她嫁给了一个追她多年的同学，本来在城里都办了婚礼，可是回到家乡，爹非要再补办一次，小雅拗不地过爹，最后只好依了，那一次乡里乡亲的都来了，可热闹了。

结了婚的小雅，更加忙碌了，她的家成了大家去北京办事的落脚点和中转站，去北京办事的乡里乡亲，到了北京都会去小雅家里，可惜小雅的家很小，像个鸡蛋壳，一室一厅，来了人都只好窝在客厅里，甚是不方便。

小雅的爱人曾强烈地抗议过几回，可是抗议无效，人来人往，像流水一样，挡不住。

那天，爹又打电话来，爹说，你老叔家的小表妹要去北京找工作，你们照顾一下，帮忙给她找份工作，你老叔都来求我好几回了。

小雅的“不”字还没有说出口，爹已经把电话撂了。小雅懊恼不已，气苦不已，要命的爹啊，好像小雅有超能量，无所不能似的。

老叔家的小表妹到北京那天，小雅和爱人还是去车站接她了。小表妹长得很漂亮，可是书念得不大好，工作换了一份又一份，东不成，西不就，最后索性住在小雅家里，也不着急找工作了，大有一副我还年轻我耗得起的劲头。

这下小雅的老公不干了，他问小雅，小表妹要在咱们家住到什么时候？小雅没好气地说，你问我，我问谁去？小雅的老公也火了，你这个女人讲不讲理？你们老家，今天来个人，明天来个人，而且都是你父亲让他们来找我们的，当我们是什么？酒店？饭店？旅馆？我们也是小人物，我们也办不了什么事儿，安排工作，找贷款，疏通关系什么，这些事情是我们能办得了的吗？我们还要不要自己的正常工作和生活秩序……

小雅带着哭腔说，你小点声吧！这些话叫小表妹听到了，肯定会传到老家的，爹知道了肯定会生气的。小雅的老公声音陡然提高了八度，他说，我就是想让小表妹传回去的，让你爹知道，他给我们添了多少乱，我们过的这叫什么日子？

小雅伸手想堵老公的嘴，可是哪里堵得住？

后来，小雅再回到老家，看到爹，爹没有了往日的精神气，头发忽然之间全白了，爹说，小雅，你这些年过得不容易，干吗不早点告诉爹？死撑着干吗？爹错了，爹以为，你念了大学，肯定会过得好，爹为了自己的那点虚荣心，差点把你害死，以后爹再也不敢了。

小雅想过去抱抱爹，可是小雅只是想想而已，看着爹一天比一天老，小雅心中难过，所以也哭了，小雅说，爹没有害我，爹是好人，爹是热心肠的人，我像爹，心热。

从那以后，果然再没有人去找小雅了，家里忽然间清冷下来，一下子还真有点不适应，小雅的心中多了淡淡的惆怅和失落，盼望着谁能再来打扰他们一下也不错。

嘟嘟鱼

从温婉多情的江南小镇，一路奔到冰天雪地的北方，怀中始终抱着那两条嘟嘟鱼，它们在一个小小的、透明的玻璃缸里欢快地游着。我带它们上火车，下火车，从江南到北方。

当我捧着那两条嘟嘟鱼出现在他面前的时候，他惊讶地张大嘴，傻傻地问我，你怎么带它们来？这么低的气温，它们不会活很久。我一边打量着他的狗窝，一边回头对他笑，让我证明给你看。

他使劲地搓我冻得发红的手，嗔怪道，连起码的保暖防护都没有，就到处跑，冻掉了耳朵，别哭着喊着找我要。

是的，这儿真冷，一下火车，冰凉的风立即穿透了我单薄的衣衫，冷得我想哭，冷得我嘴都说不出话来。

他的狗窝在城乡结合处，是一间民房，没有暖气，放在厨房里的半碗水，转眼间便结成了冰。尽管知道很冷，但对于我这个生长在江南的人，终究不知道冷是一个什么概念。他给那两条嘟嘟鱼盖上棉被，然后留下一点点缝隙，让它们呼吸，然后给我穿上他的棉袄，让我在家中等他，他到街上去给我买羽绒服。

等待的间隙，我有些鼻子发酸，他一直告诉我，说他过得很好，他很好的概念只是为了不让我担心。在这个阳光稀薄的城市里，东欧风格的城市建筑，繁华与美好都与我们无关，我们住在这个据说不久就要拆迁的房子里，规划着我们自己的未来，茫然而不知所措。

穿着他买来的银色的羽绒服，高筒的靴子，还有长围巾，一下子暖和了很多，他去上班，我清理着他的小屋，把空酒瓶子，扔到装方便面的空箱子里，然后一起扔掉。以前他是不喝酒的，可是现在他在这儿学会了喝酒，有时候也会让我喝两口，据说是为了保暖。然后我又跑了很远的路，买了窗帘和一棵大白菜，我想以后不会再让他吃方便面了。

做好这些，我四处打量着，这个狗窝多少有了一些家的味道，家的氛围。

然后就开始到处找工作，我不能总让他养着，我们要积攒下一些钱，买房子，然后结婚，在异乡开花散叶生根。

我以为口袋里的文凭，还有工作经验，想找一份工作还是比较有把握的，谁知道我把问题想得太简单了，很多单位都以我不是本地人，家不在这里，存在不稳定因素，而拒绝我。

那一段日子，我真的很灰心，两个人在一起，光有爱情是不够的，还要有面包，还要有利于爱情生长的养分。

每天出去找工作，拖着走了一天的双腿，还有毫无结果的疲惫回到家里，和他拱到一起，看小小的嘟嘟鱼在鱼缸里打架。它们打架的方式很特别，当它们两个相遇时，双方会习惯性地伸出长嘴唇，用力地“吻”在一起，长时间不分开。不过这不是爱的表示，而是保卫各自的地盘不受侵犯，直到一方退出，才会宣告接吻结束，战斗结束。

每次欣赏完嘟嘟鱼的表演，他都会坏笑着说，我们也学它们打架吧！我会转身逃命，但那么小的一间房子，那么轻易地就被他捉到。

这两条嘟嘟鱼给我们异乡单调寂寞失意的生活带来了很大的乐趣，每天晚饭后，我们都会把鱼缸从被窝里抱出来看一会儿，这两条热带鱼，跟着我们受了很多苦，它们需要阳光和温度，却跟着我在这冰天雪地里，天天躲在被窝里取暖。

这样的日子不知过了多久，直到有一天，他生病不肯去医院，我知道他是担心钱不够用，除了要负担房租，还要负担我的生活，我心中很难过，我像一个包袱，让他背负得很艰难。夜里，他发烧烧得很厉害，我跑出去给他买药，走在黑漆漆的街上有点胆战心惊，街上很少人，药房也很少开门，一家家地去敲门，很多人不肯开，央求人家等着救命，说尽好话，买了一把退烧的药，兴冲冲地赶回家。他看到我，很生气，骂我，这个地方治安不好，夜里很少有人出门，出了事儿，我怎么办。

我被他骂得哭了，他伸手揽住我，有气无力地说，我只剩下你，你不能有事儿。

我哭得愈加厉害，那种相依为命、相濡以沫的感觉，令我钝疼，一点一点渗进皮肉之中，尖锐而温暖。也是那一夜，我下决心去那家地板厂上班，做着一份保管员的差事，尽管辛苦，但有了薪水，会让我们的日子好过一点点。

我背着他去那个地板厂做事儿，因为他不同意我去那里，因为工作环境不好，工作又很辛苦，因为这件事情，我们已经争执了好几回。

后来还是被他知道了，他很内疚，说不能给我好日子过，所以他要换工作，我不同意，我们又吵，我们就像那两条接吻鱼，不断地吵架，不断地和好。

那个漫长的冬天终于还是过去了，我换了工作，一份我理想中的工作，与我的专业对口。我也如释重负地脱下了那件厚重的棉衣，换上了轻快的春装，我把嘟嘟鱼抱出被窝，放在窗台上，放在阳光下。

周末，我们不会再满街乱跑，一起看嘟嘟鱼打架，晒太阳，享受生活带给我们的各种滋味和奇妙的感受。

对　手

农历新年的前几天，陆晓莲终于拿到了参加工作之后第一个月的薪水，不多，只有区区的一千多块，但是陆晓莲还是兴奋得脸颊通红，心中悄悄地计划着这笔钱的用途。

爷爷老了，在小镇上溜达的时候，就爱揣上个小收音机听听新闻，可是爷爷那个宝贝，却被陆晓莲不小心打烂了，害得爷爷心疼了好多天，这次刚好可以给爷爷买个新的。

爸爸是个出租车司机，因为小镇闭塞人少，生意并不好，天天守在火车站接人，年纪轻轻就落下了个老寒腿，要给爸买条毛裤，要厚厚的暖暖的那种。

给妈买点什么呢？陆晓莲想了很久，觉得应该给妈买副手套，要羊绒的，柔柔的暖暖的那种，母亲操持家务，到了冬天手上会开裂许多细小的口子。

最后，还要买样东西送给自己，可是自己刚刚来到大城市里，要交房租，要交水电费，所以还是算了，送自己一块西点屋的蛋糕做晚餐也不错。

陆晓莲想了许久，甚至用笔在纸上把心里的计划列了一遍，可是亟待拿钱出去实现自己的愿望的时候，忽然发现薪水不见了。

工资装在一个信封里，回来后就放在桌子上了，怎么会不见了呢？陆晓莲吓坏了，鼻尖上冒出了细密的小汗珠，几乎快哭出来了，那可是她这个月的生活费以及爷爷和父母的新年礼物，是她辛辛苦苦一个月的价值体现，弄丢了该有多么糟糕。

陆晓莲把巴掌大的租屋翻了个底朝天，还是一无所获，陆晓莲开始努力回想刚才回来时的每一个细节，最有可能的是丢在办公室，这样一想，陆晓莲有些慌了，办公室是陆晓莲和另外一个名叫柯小敏的女孩共用的，两个人一起进的公司，都在试用期，听说试用期过了，公司只能在两个人中选择其一，所以两个人都在暗中较着劲。

陆晓莲几乎是一路小跑回到公司的，收发室的大爷问她干吗跑得那么急，陆晓莲笑笑，没有来得及说话就冲上了二楼的办公室。

推开门，柯小敏还在，她放下手里的事，抬起头，皱着眉头问她，跑什么啊？着火了？陆晓莲抚着胸口问，有没有看到我放在桌子上的工资袋？柯小敏摇了摇头，说没有，然后又低下头继续做手里的事。

陆晓莲像一只泄了气的皮球，缓缓地退出办公室，回去的路上，陆晓莲一直在自怨自艾，觉得自己真傻，即便柯小敏捡到了，她会还给自己吗？陆晓莲巴不得自己早些退出竞争的局面，也少一个对手。

回到租屋里，陆晓莲有气无力地躺在床上，扯过一床被子蒙住头，心想，睡着了就好了，就不用想那些烦心的事情了。

不知过了多久，门外响起了敲门声，陆晓莲起床开门，竟然是柯小敏。陆晓莲怔在那里，冷着脸问她，你来干什么？小敏笑了，说，不欢迎啊？那我走了，不过你的工资袋也别想要了。

陆晓莲的脸色缓和过来。柯小敏解释说，我刚才丢废纸的时候才发现，你的工资袋掉到了桌子旁边的纸篓里，怕你急着用钱，所以赶着给你送过来了。

柯小敏还带来一盒饺子。

陆晓莲笑了，问小敏，怎么突然间对我这么好啊？别指望我会退出竞争，我不会放弃的。

柯小敏也笑了，说，我们只是对手，不是敌人，我就喜欢你这股冲劲，我也不会放弃的。

两个月之后，公司宣布了留用名单，那个人就是陆晓莲。陆晓莲得意地看着小敏，笑靥如花。下班后，陆晓莲兴奋地跑到街上的公用电话厅给爸妈打电话，告诉爸妈自己被留用的事，然后回到屋里，不知干点什么好，随便拉开抽屉，拿出一本书，躺在床上翻看，忽然书里掉出一样东西，竟然是陆晓莲第一个月发的薪水袋。陆晓莲一下子懵了，原来自己的薪水从来就没有丢过，肯定是那天，自己把薪水袋夹到书里的。

想起柯小敏，陆晓莲的内心里涌起了莫名的温暖和感动，今天是小敏最后一天在公司里上班，不知她走了没有。想到这里，陆晓莲抓起一件外套，匆忙跑回公司。

推开门，柯小敏正在收拾东西准备离开，陆晓莲从一堆杂物中抬起头来问她，又丢了什么东西？

陆晓莲气喘吁吁地说，什么都没丢，就是想抱抱你，可以吗？

柯小敏脸上的笑容一点一点绽开，陆晓莲也笑了，跑过去，两个女孩紧紧地拥在一起。

儿子来电话了

许局长一向是个公私分明的人，给单位办事，出去开会都是坐单位的公车，只有办私事、朋友聚会时，才自己驾车，既方便又快捷。可是自从前两年出了一次车祸之后，落下个杯弓蛇影的毛病，近车就怯，只好把局里的小车司机张小超当成自己人，走到哪里都带上他，他成了许局长的跟屁虫，小拐杖，找到张小超，就一定会找到许局长。

许局长家需要换煤气罐了，小张代劳。许局长家的儿子上学，张小超要负责天天接送。过年过节，谁送了许局长东西，小张就成了搬运工，总之，小张成了许局长家的免费保姆，而且随叫随到。

张小超心里有气，可是敢怒不敢言，看着那些空运来的虾啊蟹啊热带水果啊，还有信用卡啊美女啊什么的，统统流进了许局长的腰包，谁能没有气？

更可气的是，许局长有一个情人，许局长给她买的车躺在车库里，她无论去哪里都要坐张小超的车，去购物中心，去美容院，而且还得给她拎着大包小包。有一次，不巧被老婆逮个正着，跟他吵得不可开交，无论怎么解释老婆都不信，他垂头丧气地说，就我这样的，养得起情人吗？你都看不上，谁能看得上？老婆根本不听他解释，一怒之下跑回了娘家。

越想越气，于是张小超把所有的怒气都迁到许局长的身上，你养情人，连累我回家挨骂，这是哪跟哪儿啊？

无聊的时候，张小超把许局长给他打电话的手机铃声设置成：气死你，气死你，就是不接你电话。想想犹不能解气，遂又改成：儿子来电话了！儿子来电话了！

这天晚上吃完饭，儿子在做作业，手机忽然响起来：儿子来电话了！儿子来电话了！儿子嗵嗵嗵从另外一间屋子跑过来，偏着头问，叫我接电话吗？张小超忍不住乐出来，谁叫你了？去去去！还不快写作业去！

然而，乐极生悲，有一天早上匆匆忙忙去接许局长上班。许局长一上车就开始忙着打电话，似乎很忙，谁知忙中出错，电话打错了，摁了张小超的

手机号码，张小超的手机适时地响起来，欢快地唱着：儿子来电话了！儿子来电话了！许局长惊愕地看着张小超，眉头慢慢拢成了小山，继而愤怒，一张脸因愤怒而扭曲。许局长没有暴跳如雷，也没有雷霆万钧，平息了半天，努力调匀了气息，拍着小张的肩膀和颜悦色地调侃，谁是谁儿子？再说怎么只是儿子，不是孙子？待遇还不错吗！

张小超吓得一哆嗦，平常不苟言笑的许局，今天难得露出了阳光，每次他发狠的时候，都是这样阳光灿烂的，看似和风细雨，其实暗藏潜流，张小超跟随他好几年了，哪能不知道他的脾气？

是福不是祸，是祸躲不过，大不了辞职，有什么了不起的？这样一想，张小超的心里反而坦然了，他一反常态地笑了起来，许局，谁是谁的儿子不重要，重要的是一个人不能做蛀虫，一辈子躺爹妈身上，不停地挥霍浪费，贪得无厌，你说是不是？再说了，想叫你儿子的人肯定不止我一个，咱们局里人肯定都想这样叫你。

许局长“装”不住了，他恶狠狠地说，我开除你！

张小超说，开不开除我不是你能说了算的，不过给你当司机，简直是一种耻辱，我忍辱偷生好几年了，从今天开始，我要做个真正的一撇一捺的人。你听好了，从今天开始，我不伺候你了。

许局长看着张小超离去的背影，低声咕哝了一句，疯了！都疯了！这个世界都他妈的疯了！

发错的短信

染秋没想给老万发短信的。

染秋身在病中，住在医院里，每日里看着白床单白粉墙发呆，人变得愈加的清冷和孤寂，染秋憔悴得就像医院门前那棵树上的一片叶子，随时都有坠下来的可能。

米生总说他忙，忙得脚打后脑勺，忙得没有时间来看她。其实染秋并不大信他的话，可是米生赌咒发誓，说自己卷入了一场纷争，弄不好会被人告上法庭，有吃官司坐牢的危险，具体是因为什么事，米生没有说，米生不说，染秋也懒得问。

问与不问，其实都一样，结果都一样。

米生不但不大常来医院看她，而且最近连电话都很少打给她，偶尔会给她发一条手机短信。染秋瞅着那些无关痛痒的短信发呆，当初，米生不是这样的，当初米生对她，那是一日不见，如隔三秋，现如今，染秋还是那个染秋，而米生却再也不是那个米生，当真是此一时彼一时。

染秋有些悲凉地想，自己还没有确诊呢，米生就有了凉薄之意，等将来确诊了，还不知道米生会怎样，和自己说分手也说不定。

人在病中，难免会有些消极倦怠，染秋也是，看着米生发来的手机短信，一时间，心回九转。米生的短信，染秋有时会回，大多数时候，染秋是不回的，回了又如何？

那天，米生又来短信，絮絮叨叨地说着自己的忙，染秋心生悲凉，回他：你没有时间就不用来看我了，反正也不是什么要紧的大病，左右不过住两天院就好了。

染秋有些生气，把手机丢到床头柜上，刚刚拿起一本杂志，还没有来得及翻页，手机就响了起来。染秋抓起手机，没好气地说，我都说了，你没有时间，不必来看我就是，你何苦要一遍一遍地刺激我呢？

电话那头，沉默了一小会儿，响起了一个略有些苍老的声音，是老万，

老万说，是我啊染秋，出什么事了？你怎么了？你生病了吗？你住院了？你在跟米生生气？

听到老万的声音，染秋愣了一小会儿，有一丝暖意盘旋而上至心中，染秋眼中的泪就忍不住了，染秋说，老万，我没事儿，我挺好的，你听谁说什么了？

老万叹了一口气，说，傻丫头，你的短信都发到我的手机上了，居然还问我是听谁说的，你真的挺好的吗？

染秋哽咽，染秋说，我不大好，得了一点小病，住在医院里，过几天就没事了，因为怕吓着你，所以才没敢告诉你。

老万说，你在医院里住着，乖乖的，等我有时间就去看你。

染秋说，算了，你还是别来了，两个城市来来回回地奔波，太不方便，等我好了就回去看你。

老万乐，说，我不去看你也行，不过你得答应我，回来看我时，得长胖点，胖点才能证明你过得好。

染秋也乐了，说，长太胖，怕是没人要了。

老万说，没人要才好呢，那我就有福了，你可以天天守着我，伺候我。

收了线，染秋检查了一下手机，果然是给米生的短信，错发给老万了。染秋想，越不想让老万知道，越是被他知道了，他不知会挂念成什么样子，肯定是饭也不能下咽了，觉也不能睡了，戏也不能听了，就老万那性格，还不得急得火上房？

染秋猜得一点都没错，果然，第二天天还没亮，老万就来到了医院，老万坐了一夜的火车赶了过来，他来的时候，染秋还睡着，他就站在床头，静静地看着染秋睡觉。

染秋像小时候一样，身子蜷成一堆，睡梦中都皱着眉，想来她是做梦了。

一直到染秋醒转，老万才说，染秋，你傻啊？出了这么大的事，也不告诉我一声，你一个人能扛住啊？

染秋说，过几天就好了，告诉你干吗？你又不能替我生病，没得着急上火的。

老万嘿嘿地傻乐，说，我不能替你生病，但我可以照顾你的饮食起居，给你讲故事，替你开心解闷，当然，我也不白忙乎，你需要付我工钱，工钱可以记账，等我老了，不能动了，你得连本带利一次性还给我。

染秋哭了又笑了，说，别人都唯恐避之不及。你可倒好，上赶着往上凑。

老万说，此言差矣，我不是别人，我是你爹，谁让我是你爹呢！

老万就是一枚开心果，老万来了，染秋的病就好了一大半，没几天切片的结果也出来了，虚惊一场，染秋和老万都松了一口气。

那天，染秋乐了，从心里往外乐，她和米生分手了，以前老舍不得，这一次，再舍不得也不能留了。老万却哭了，像个孩子一样，哭得很伤心，老万说，染秋你这个傻丫头，你差点害死我。

“腐败”分子

国税局副局长李锂木然坐在局长王民的身边，听着王民口若悬河地对全市国税系统干部作防腐倡廉报告，心里渐渐泛起想要呕吐的感觉，他想起小时候学过的安徒生的童话《皇帝的新装》，他觉得此刻的王民局长就是那没穿衣服满街巡游的皇帝，又可笑又恶心。

李锂不知道上级部门到底拿了王民多少好处，能让这么一个腐败分子从他们这几个局长候选人中脱颖而出；或许不知道王民底细的人，会认为王民业务精，人正派，而且清廉，但李锂却是一个神通广大的人，他了解王民的底细，知道王民的短处，王民的所谓清廉都是假象，暗地里一直在收受巨额贿赂，这一点他是有确凿证据的，只不过没到抛出的时机。

台下一阵热烈的掌声把李锂从半睡眠的状态中激醒，会议结束了。

回到办公室后，李锂伸了个懒腰，舒了口气，他觉得到出手的时候了。王民现在还是个代局长，没有完全扶正，等到完全扶正了，扳倒他会更加困难。

他抓起电话，接通了稽查一分局宋辉局长的电话：“宋辉吗，我是老李。”

“李局长你好。”

“问一下，昌辉国际的案子到底到什么程度了？”

“目前已经核实了大概有五个多亿的涉案金额，其中偷逃流转税近两千万。”

“喔……”

李锂沉思了几秒钟，说：“这样吧，你约一下昌辉国际的老板，我下午单独找他聊一下。”

“好吧，我马上联系。”

放下电话，李锂心里涌起了一股莫名其妙的兴奋，宋辉是他的小兄弟，这个小兄弟看来还是很能干的，这才几个月呀，就搞得这么有成就。

“真是不错!”李锂一边在屋里踱着步一边自言自语，他已兴奋得脸都有点发热了，他习惯性地抬头看了一眼墙上的一幅字，那是本市一个很著名的书法家送给他的字——“慎”，看到这个字，他马上在心里告诫自己：冷静，要冷静。

郭华生是昌辉国际投资集团公司的老板，四十刚出头，他原是老市长的秘书，十年前老市长退休，他则直接下海了，通过十年的经营，企业搞得风生水起，目前所涉及的领域很广，汽车贸易、房地产、餐饮酒店等等，资本也像滚雪球似的越滚越大，据说现在已经步入十亿以上的大富翁圈了。

李锂现在的妻子就是昌辉国际集团下属的昌辉国际汽贸有限公司的主管会计，李锂的发妻五年前去世了，通过介绍认识了现在的这个妻子张旭，张旭长相姣好，精明能干，也有过一次婚姻，但没有孩子，两人一见钟情，今年春节时登记结婚了。

女人一结婚，对丈夫就没有秘密可言了，两人在一起时间长了，不管是单位的还是亲戚邻居的琐事，没有不叨叨的，就是通过张旭，李锂掌握了王民的一件重要受贿证据。那是三年前，王民的爱人做手术，张旭公司的总经理林大力，让张旭一次性提了五十万现金，打在一张卡里，送给王民了。

李锂通过银行的人查验过了，这钱第三天就被王民取走了，而且取款人就是王民本人，还留着他身份证复印件和取款签名呢。

哈哈，天要灭你，挡都挡不住啊，首先王民遇到的这个林大力，一点也不像他的表哥郭华生谦卑谨慎，他什么事情都大大咧咧，一点也不避讳，这种事情怎么能交给财务去办呢？还有王民，款自己亲自取，还留下身份证件和签名，真是蠢透了，简直肆无忌惮，这种人不扳倒他，天理都不容。

星期三由李锂提议，专门开了次局长办公会议，讨论昌辉国际偷漏税的问题，上个星期三下午，李锂跟郭华生谈了次话，对昌辉国际集团下属几个子公司的偷漏税情况作了通报，名义上希望郭华生给予配合，实际上是要给王民出个难题，看今天的会议他怎么表现，正如李锂事先想象的那样，这家伙确实能装，一副正气凛然的样子，要求坚决彻查到底。看来，抛料的时机到了。

总局举办的两个月的业务轮训终于结束了，这两个月对于李锂来说简直是度日如年，他分管的稽查分局正如火如荼地大干，他只能遥控指挥，没有了亲临现场当机立断的快感，另外，他以昌辉国际名义举报王民受贿的事却石沉大海，举报信发了十几封，为什么一点反应也没有呢，难道这家伙真的后台硬到无法想象的地步？

回到局里上班的第一天，李锂就给他在市纪委做常委的一个哥们通了个电话，约他晚上吃饭。酒喝到半酣，李锂醉意朦胧地问："哥们，我怎么听说我们家老大被举报了，说是收过昌辉国际的贿赂，有这回事吗?"

"有啊，我们都立案调查了，忙活了一个多月。"

"是吗，真有这事?"李锂故作惊讶地问。

"你们家王局长真行，我们纪委的人都很佩服，这几年他总共收了近三百万的贿赂，有十几笔，但一分钱都没留，全部交到廉政账户里去了。

这年头，都是在这圈里混的，平日里彼此关系都非常好，一有点事，大伙都好凑个热闹，动辄几万、几十万，甚至有过百万的，不收人情上过不去，收了就是受贿，看来我们建立的这个廉政账户还确实起作用了。"

李锂大吃一惊，酒醒，心想，幸好自己没有更进一步的动作，看来这个"腐败"分子还真不怎么腐败。

复　婚

想不到说离就离了。

离婚的速度比他想象的快了很多，既没有拉锯战，也没有财产纠纷，更没有孩子拖累，所以说离就离了。

离婚以后，他忽然觉得轻快了很多，像鱼儿回到了水里，像鸟儿回到了森林，心中前所未有的畅快。

恢复了单身的自由时光，开始不断地有热心人为他介绍女朋友。

第一次的相亲对象叫小安，在一家公司里做文案，乍见，有惊艳的感觉。小安人漂亮时尚，气度不俗，他不自觉地拿前妻跟小安相比，前妻实在太平庸了，是扔在人堆里就无法分辨的那种，不像小安，花朵一般艳丽，领着她去哪里，总会有一些目光追随左右，他的虚荣心得到极大的满足，但是，很快他就发现一个端倪，自己的虚荣心是和钱包连在一起的，和小安一起去逛街，这个女孩花起钱来，毫不手软，几千块的LV包，在他看来，奢侈到豪华的地步，是有钱人家的太太的专属，可是小安却眉头都不皱地刷卡，直到刷爆为止，不像前妻那么小家子气，买一瓶擦手油，都要看看价格是不是物有所值。

有一次，他让小安帮忙给乡下的父母汇点钱，小安答应得好好的，可是却并没有实际行动。他问她，钱寄了吗？

她说，最近手里有点紧。

他听了，就有些不大高兴，我的工资卡不是一直在你手里吗？我是说用我的钱汇给我的父母，不是用你的钱，我最近有点忙，不过是让你代劳而已。

小安听了也不高兴了，撅起红嘟嘟的嘴唇说，你就知道钱钱钱，好像你挣了多少钱似的。这样不讲理的话，把他气得乱了阵脚，没好气地回她，我挣得是不多，但也经不起你这么败家啊！除了挥霍你还能干什么？小安根本不理会他的抢白，把东西收拾收拾，扬长而去，一段交往了三个月的感情有疾而终。

第二次相亲的女孩叫小柳，是一家外资机构的白领，部门经理，他看见她在公司主持会议的样子，能干，爽利，不拖泥带水，条理清晰，下属们都是大气不敢出的样子，唯她是从，最重要的是，她的年薪可观，从来不用他的钱，而且凡事都很有主见，不像前妻，只是图书馆的一个管理员，工资不多，事情不少，一天到晚，家里家外都是风风火火的样子。

和小柳在一起，凡事都不用他操心，大到买什么股票，小到在餐馆点什么菜，都是小柳拿主意。小柳的脾气很坏，有一次，两个人在餐厅吃饭，小柳去晚了，他就自作主张地替小柳叫了一份有辣子的菜，小柳一看就生气了，大声质问他，跟你说过多少次，我不吃辣子，你这个人怎么这么主观啊？

小柳的声音很高，餐厅里的人都转过头来看他们，他很窘迫，忽然想起前妻，自己也曾这样，像训下属一样训过前妻，她的心里一定不好受吧，只可惜，那时候他从未设身处地地为她想过。

时间越久，摆在他们之间的问题就越多，他清晰地知道，他们之间是不可能有结果，不可能生活在一起的，所以，只能平和友好地分手了。

第三次相亲的女孩叫小温，是保险公司的业务员，一个温情似水的女孩，不笑不说话，一笑露出一排整洁的小贝齿，非常可爱。不像前妻，凶巴巴的，天天管他，不许这样，不许那样，小温才懒得管他的闲事呢。他以为这一次找到了自己想要的幸福，所以任小温像小鸟依人一般栖在他的枝头。

男人大约都喜欢温情一点的女子吧！有一次他出差回来，没有给小温打电话，想给她一个意外的惊喜，谁知道在她家门外与一个有款有型的男人不期而遇，问小温，她吞吞吐吐，支支吾吾，说是一个同学的哥哥。他觉得自己受到了愚弄，连争吵都没有了，懒得吵，他二话没说，掉头而去。

一次又一次的打击，让他失掉了相亲的欲望。

最后一次，介绍人说，这次介绍的这个女人一定要看，因为她和你的经历差不多，离过一次婚，没有孩子，一直单身，善良朴实。他本不想去的，有过失败的教训，他不想重蹈覆辙。可是介绍人一而再地劝说，他不好意思薄了介绍人的面子，就想应付了事。

是在一家蛋糕房见到她的，见到她，他就傻了眼，相亲的对象竟然是前妻，他不由得感叹，天意弄人啊！他正傻愣愣的，不知如何是好，手也没地儿放了，脚也没地儿放了，甚至连话都不会说了。

前妻一见是他，转身就走，情急之中，他从身后一把抱住她，说，我知道错了，不该鸡蛋里面挑骨头，身在福中不知福，不该对你挑三拣四，胡乱猜忌，咱们复婚吧！好不好？

前妻站在那里，保持一个姿势半天没动，后来，她慢慢转过身，脸上挂满了泪水。

复婚之后，他悟出了一个道理：既然自己不是什么完人，就不能要求别人完美无缺，都是平常之人，总会有缺点和毛病的，更何况每个人的角度不一样，处理问题的态度就不一样，这就是生活吧！

这样一想，他释然了很多，而且他的心中也因此多了很大一块空地，想来是用来包容别人的吧！

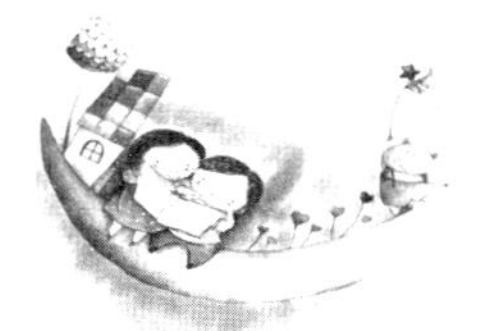

给父亲打欠条

二十四岁那年，他大学毕业，豪情满怀地对父亲说，以后您老人家就不用再做豆腐了，等着跟我享清福吧！父亲一边拣着黄豆，一边笑，说，等你挣到钱了再来跟我说这样的话也不迟。他有些不大高兴，说，您老人家是瞧不起我吧？放心吧，你儿子肯定能行的。

年轻人都有些好高骛远，他也不例外，东挪西借，凑了十万块钱，办了一间制造绿色环保制冷剂的小公司，由于没有经验、找不到销路、管理不善等诸多原因，他的小公司仅仅维持了六个月就资不抵债了，曾经借过钱的那些人，听说他维持不下去了，纷纷跑来跟他要钱，十万块钱对于一个都市白领来说，也就一两年的工资，可是对于他来说却不是一个小数目，他愁得一宿一宿睡不着觉，甚至走进了死胡同里，思绪纷乱地胡思乱想着，想一走了之，可是又怕那些人不会放过父母，父母年龄大了，经不起折腾。想一死了之，可是父母辛辛苦苦把自己养这么大，就是为了换来这样一个结果吗？

他左思右想，唯一的办法就是跟父母要钱渡过眼前这个难关。把自己的意思跟父亲说了，父亲把眼睛瞪得比铜铃还大，我一个做豆腐的哪有那么多钱借给你？再说了，就算我有钱也不会给你，我还要攒着做棺材本。

这是他意料中的结果，所以也没有太多的失望，是的，父亲只是一个做豆腐的，他拿什么替他填上这么大的亏空？

那段时间，他消沉得很厉害，整天无所事事跟一帮小哥们在街上瞎混，打打台球，甚至打打麻将，有跟他要债的，他拿出一副死猪不怕开水汤的样子对人家说，我知道欠钱还钱，天经地义，可是我现在没钱，要命一条，喜欢就拿去吧。

这样的日子过了好几个月，终于厌烦了，有一天早晨起床后，他的本意是想对父母说，自己想去省城散散心，顺便找找大学同学，寻个出路，谁知刚一张口，说了“我想”两个字，就被父亲堵了回来，父亲说，我知道你想什么，要钱是吧？我的钱都是辛辛苦苦一分一毛攒下来的，给你可以，不过你要给我打张欠条，亲兄弟明算账，我们是父子也不例外，你将来挣到钱，要把我的钱还给我。

这回轮到他把眼睛瞪得像铜铃那么大，觉得父亲太不可思议了，简直是老糊涂了，也太狠了点，把他往绝路上逼。从小到大，吃的穿的用的，念书上学，凡是与钱有关的，只要是合情合理的花费，父亲从来没有难为过他，可是现在，自己遇到了困难，需要点钱，父亲竟然要他打欠条，这不是摆明地信不过自己吗？他觉得受到了屈辱，没好气地对父亲说，你信不过我，可以不给我钱，我不会给你打欠条的，打了欠条，我们还是父子吗？

父亲笑了，说，我知道你不敢给我打欠条，你是怕还不上这笔钱。已经走到门口的他，又转回头，看了父亲一眼，然后从台历上撕下一页，在背面郑重地写下“欠条”两个字，写上数额和日期，最后郑重地落上父母给的大名，父亲看了看欠条，得意地笑了，说，我等着你还我的钱，过期还不上，利息加倍，到时你别骂我是黄世仁啊！最后，父亲还补充了一句让他心疼不已的话，父亲说，你再回来的时候，我希望你是送钱回来的，否则别再踏进这个家门半步。他的心撕裂般疼，父亲在他的眼里，是一个慈爱的没有多少主见的人，什么时候变得眼睛里只有钱了呢？他也不含糊，掷地有声地说，还不上您的钱，我就不回来见你。他转身走的时候，看见母亲在门后悄悄地用衣袖擦着眼睛。

后来，他把那笔钱，继续投入到那个绿色环保制冷剂的小公司，脚踏实地做起，起早贪黑，搞市场调查，跑省城找专家咨询，吃住都和工人在一起，功夫不负苦心人，小公司终于一点一点有了起色。

一年之后，他终于挣到了还给父亲的那笔钱，回家的时候，他特地换了一套新买的西装，站在家门口，竟然有些忐忑，一年不见，不知父母变老了没有。抬手敲了门，出来开门的竟然是一个不认识的女人，她撇着嘴说，你问做豆腐的老张啊？他把这房子卖给我了，听说他有一个败家的儿子，欠了人家的钱，被人追得东躲西藏，他一个做豆腐的，又没什么本事，所以只好把房子卖了。

他呆愣在那里，半天没有回过神来，脸色由红转白，原本以为父亲的眼睛里只有钱，生生地逼自己写下那张欠条，却从没有想到，父母那么大年龄的人，竟然为了这张欠条过起了颠沛流离的生活，他忽然明白了，父亲不是为了要这张欠条，也不是为了要这笔钱，父亲让他还这笔钱，是为了让他从哪里摔倒的再从哪里爬起来。

站在旧家的门前，他的眼睛终于泪湿。

前　妻

打扫卫生的时候，女人不小心把玄关处摆放的一只花篮碰落到地上，说实话，那只花篮真的不怎么漂亮，是一大把白百合的塑料绢花，上面积满了灰尘，颜色暗淡发旧，毫无生命力可言。

女人捂着鼻子，把绢花拿到走廊里拍了两下，扬起的灰尘呛得她咳嗽不已，她赌气把那束绢花丢进了旁边的垃圾桶里。

男人正在厨房里切菜，听见响动，拿着菜刀就冲出来了，刚好看到她把绢花丢掉的瞬间，他什么都没说，皱着眉头把那束绢花默默地捡回来。女人不明所以地看着他，男人去并不理会，他把那束绢花拿到洗手间里，用毛巾沾上洗衣液，把花朵上的灰尘一瓣一瓣清洗干净，然后重新插进花瓶里。

男人的动作很轻柔，细致耐心，仿佛怕惊醒一个沉睡的梦一样。她看得错愕不已，忍不住说他：“一束陈年的破塑料花儿，既无香味，又无颜色，不如扔掉算了，你如果喜欢，我去买好看的换上，现在卖的假花，精致细巧，而且还有香味，几乎能以假乱真……”

一直没有吭声的他忽然说：“别的花朵再美，于我来说都不相干。这把塑料绢花再老土再丑陋，但它却在我的生命中，曾经那么璀璨地开放过，所以再好看的花儿也无法替代它。”

女人忽然觉得有些泄气，对他再好又怎样？他的话如一块年糕，不小心噎在喉头，上不来下不去，那种感觉很难受。她知道，那束塑料插花是他前妻的杰作，两个人心照不宣，像一层窗户纸，谁都不肯捅破，但内心里都明白。

结婚前那束假花就放在门口的玄关里，暗旧的颜色与家里的氛围极不搭调，很多次，女人都试图换一束鲜花放在那里，可是每次他的反应都很大，情绪激动，一遍又一遍地问她：“一束花儿而已，放在这里碍着你什么了?”她不知道说什么好，真的仅仅就是一束花儿吗？那里面有他前妻的影子，让她耿耿于怀，如坐针毡，心绪不宁，像一根拔不出的刺，让它在肉里慢慢腐掉，那个过程虽然不能伤及性命，但是又痒又痛的滋味很难受。

打扫男人的书房的时候，她闯了大祸。

他前妻的一帧小照，镶在一个漂亮的玻璃镜框里，放在书柜一个不起眼的角落里。那个女人端庄，贤淑，美丽，眉梢眼角都充满了笑意，眼神温暖地看着这间屋子。她想象着，他夜里在书房里上网，写文章，看书，都是在她笑意盈盈的目光笼罩之下，她的心便开始泛酸，女人本能的嫉妒和醋意占了上风，她一“失手”，那帧小照连同玻璃镜架哗啦一声，掉在地上，摔得粉碎。

男人闻声而至，目光锐利地看着她，责备道：“你怎么这么不小心？连这么点小事都做不好，不是故意的吧？”他蹲下身，在玻璃碎片中找出那张照片，心疼地用手一遍一遍拂拭着，女人看在眼里，痛生心上，恋爱两年，结婚一年，天天在一起，居然比不过一个离开他已经整整五年的女人，她为自己难过，为自己不值，自己全身心地爱着这个男人，为什么就换不回他一颗囫囵的心呢？

女人很生气，对男人说：“这日子没法过了，三个人的空间太拥挤了，你如果心心念念都是她，那么你就和这帧照片过吧！我走了。”

她用手背抹眼泪，收拾东西，换下居家服，在门口换鞋的时候，男人跑过来，在身后抱住她，把头抵在她的后背上说：“死也不让你走。”她的心温柔地动了一下，但还是狠下心说：“你放不下她，就放下我吧！我跟一个看不见摸不着的人去争，觉得很累。”

他沉默了一会儿说：“你是你，她是她，你干吗要跟她争？我爱她，很爱。我也爱你，很爱。她是我生命的过往，注定要在我的生命里留下印痕。你是我生命的现在和将来，我没有福气和她白头偕老，但我希望能和你白头到老。”

女人沉默了。

男人继续说：“很多事情不能选择，如果将来有一天，如果我提前离开了你，你会把我从你的生活里彻底抹去，不留一点痕迹，就像从来没有我这个人一样？”

她回身捂住他的嘴，哽咽道：“不许说这样丧气的话，没有你和我吵架，生活还有什么滋味？”

他笑了，俯身在她的唇上轻轻地啄了一下，她犹有泪痕的脸上多云转晴。

人这一辈子，说简单也简单，说复杂也复杂，一个人不可能只拥有现在，还有过去和将来，过去、现在和将来，构成一个完整的人生，谁都不例外。

隔天，女人去超市买了一个和原来一模一样的镜框，把他前妻的照片镶好，摆放在他书房的写字台上，摆放在他一抬头就能看到的地方。

晚上，她去给他送茶的时候，忽然发现她前妻照片的旁边多了一张照片，照片里是他和她，双手相携，脸上写满幸福的快乐，她记得那是蜜月里拍的。

男人解释说，她在另外一个世界，一定是希望看到我们幸福的。

她无语，从身后抱住坐在椅子上的他，下巴抵在他宽阔的后背上，眼睛里慢慢蓄满泪水，想必相爱的人，都希望看到对方幸福吧！

芳草又青

梅子是一个好看的女子，标准的瓜子脸，大眼睛，长辫子，性情安静温顺，有着小家碧玉的温婉可人。

北方小镇上的女子，多是毛手毛脚的女人，人还未到先闻其声，咋咋呼呼的，只有梅子和她们都不一样。

梅子不但模样好，而且心灵手巧，会绣花，织得一手好毛衣，在家里，上有长姐，下有小弟，但是她的母亲却把家务事都交给梅子打理。

梅子的父亲整天黑着个脸，包公似的，在家里是至尊无上，谁都不敢挑战他的权威，每顿饭无酒不欢，一喝就醉，不醉不休，直到烂醉如泥。也只有梅子敢派父亲的不是，也只有梅子敢在餐桌上夺下父亲的酒杯，再大的事，在她手上都如烹小鲜一般轻松，乱麻一样的日子，她三下五除二就摘出头绪，就像她织毛衣一样，又快又好，一个晚上就织出一只袖子。

这样一个女子，自然是受人垂青、惹人怜爱的，到了婚嫁的年龄，提亲的人能踏破了门槛，左一个，右一个，高的，矮的，胖的，瘦的，可是梅子都不中意，梅子偏偏看上了一个平淡无奇的男人，小镇上有些眼馋的男人自然心有不甘，咽了口唾沫说，当是眼界有多高，也不过如此，这样的男人咱们镇上多的是，当真是一朵鲜花插到那个什么上。种种惋惜，种种不屑，传到梅子的耳朵里，她也是一笑置之，从来不予争辩。

不甘归不甘，再不甘又能怎样？架不住梅子看上了，架不住梅子喜欢了，别人不甘是别人的事，别人不屑也是别人的事，与梅子无关。

梅子看上的男人是个海员，高高的个子，有点瘦，戴一副眼镜，很斯文的样子，两个人在镇街上走过，手挽着手，很亲密的样子。“亲密”是一个很私人的词汇，食古未化的小镇人，自然像看西洋景一般，茶余饭后津津乐道。梅子并没有缩手缩脚，落落大方的样子，和人有说有笑，和邻居打招呼，自然大方地接受着别人的目光。

结婚那天，好多人去看热闹，我也去了。新女婿嫁到梅子的家里，即俗称

的倒插门。葱心绿的绸褥子，水粉红的被面，梅子艳丽得像一朵桃花，坐在车里，车速极慢，有吹鼓手跟在车后，在小镇上吹吹打打，奏着喜庆的乐曲，转了一圈，然后回到家里。其实在镇街上转圈只是一种仪式，是梅子从青葱一样的女子到如花似玉的小妇人的仪式，转过这道门坎，一切都不一样了。

私下里说体己话的时候，梅子曾经红着脸跟我说，她看中这个男人，是因为他有文化，有文化是斯文人，和小镇上那些讲粗话、爱八卦的男人是有着本质上的区分的，她喜欢有文化的人。

新婚的梅子是一朵娇艳的花儿，眉眼如丝，粉面含春，连说话的水音儿都透着欢快，只是这样的日子并没有持续很久，男人就出海去了，出海是男人的工作，男人是海员，于是梅子就过上了晨昏颠倒的日子，白日里上班做事，晚上却是整晚整晚睡不着，夜似乎就长了很多，梅子抱着男人的枕头一夜一夜地挨着辰光。

结婚两年多的光景，梅子生了一个女儿，因为这个小小梅的出世，日子变得浓稠起来，也空前地忙碌起来，密实起来，可是梅子却日渐一日地清瘦下来，茶饭无心的样子，去医院里一检查，竟然患了乳腺癌。

梅子开始变得忧郁起来，常常一个人躲在雪地里，唉声叹气，北方的雪地里，是那种刺骨的冷，四野苍茫，没有一丁点的暖乎气儿，梅子一坐就是一个下午。

后来，不知是谁给海员打了电话，海员回来一趟，看了一眼，又匆匆地走了。那时候梅子，左乳已经保不住了，切掉了一只，胸前空荡荡的。看到海员来去匆匆，她就不停地叹气。开朗、俊俏的梅子，单薄得像一片纸，她把自己关在屋子里，拒绝见人，也是从那一次开始，他再也没有见过海员。

梅子去世之前，我见过她一面，她拉着我的手说，下辈子不再找海员，害人害己啊！她伸出三个手指头，三年啊，我们在一起的时间，还不足几个月，我还没有爱够。

她看了一眼身边的小小梅子，眼泪纷纷地坠下，打得我的心生疼，怎样跟她言说，前几日我在县城还看到她的海员，单车后面载着一个如花的女孩，我张了张口，什么都没说，把想说的话狠狠地咽了回去。

不是所有的海员都像梅子的海员，不知道她是否知道。

梅子去后，身后事自然安排得很妥帖，小小梅子的监护权给了她的母亲，多年的积蓄也给了小小梅。

芳草又青，尽管我多年不曾回去看望梅子，但我知道，她在另外一个世界里一定过得开心，幸福，因为她在另外一个世界里，肯定不会再遇上海员这样的男人。

光头美女

都说失恋像一场重感冒，病得再厉害也不打紧，就算不打针也不吃药，也用不了几天就会自动痊愈，是不是真的，失过恋的人都知道。

白小艺最近在闹失恋，是不是也像生了一场感冒，不得而知。但是失恋了的白小艺，行为举止有些异常，也不是异常，而是近乎疯狂，她跑去全市最贵的一家发廊，花了几百块钱，把一头秀发剪掉了，注意，不是剪短了，而是剃光了。

剃了光头的白小艺更加地有气质了，一双大眼睛里，似嗔非嗔，似怒非怒，一汪秋水含烟生，愈发显得楚楚动人。剃了光头之前的白小艺不是这样的，那时候，她有一头乌黑亮丽的秀发，水藻一样卷曲着，散落在肩上，走路一扭一扭的，妖娆又魅惑。

可是那个男人还是甩了她，他说这样的女人太招风，惹不起，也伤不起。白小艺一气之下，就去剃了光头。白小艺的母亲反应很大，呼天抢地，几欲哭出来，丫头啊，好好的一头长发，养了好多年才养得这样长这样好，生气归生气，干吗跟自己的头发过不去啊？留着尼姑一样的光头，还有哪个男人会喜欢你啊？

白小艺并不理会母亲的哭诉，上班，下班，回到家把自己关在房间里上网，在电脑前面一坐一个晚上，不见家人，也不见朋友，也没有什么活动安排。白小艺的母亲慌了神，跟白小艺的父亲嘟囔，这丫头，不会想不开吧？虽说只是一次小小的失恋，可她要是一定要想不开，那可怎么是好？

要不说，还是白小艺的父亲厉害，白小艺的父亲是个老师，行事爱讲究个策略，他说小艺这样肯定不行，状态不对，赶紧给她再张罗个男朋友，说不定她的心结就打开了。

白小艺的母亲，在这方面还是有些才华的，她广泛发动群众，千挑万选，总算找到一个好的，是一个海归博士，约在一家咖啡馆里见面。

起先，白小艺不去，白小艺的母亲软缠硬磨，纠缠不休，白小艺被纠缠

得不厌其烦，几乎吐血身亡，只好妥协。

白妈妈高兴得一塌糊涂，取出一个事先准备好的假发套给白小艺，小艺笑，说，要不还是等我的头发长出来再去相亲吧？白妈妈不依，亲自押着女儿前往。

在咖啡馆里见到那个海归，白小艺就乐了，那个海归，在咖啡馆里用无线上网，一边还看着英文杂志，跟小艺打招呼用的却是德语，小艺把头上的假发套摘下来，放到桌子上，像男人摘帽子那样，然后问海归，会说汉语吧？海归看着这个高挑美丽的光头女子，目瞪口呆，他被雷到了，半晌才说，会的，会的。

白小艺眯着一双秋水含烟的眼睛，说，AA 制，喝完咖啡就走人，你忍耐点。海归的卖弄之意全无，瞅着白小艺说，再聊会儿，再聊会儿好不好？

可惜白小艺心不在此，加上遇到这样一个有些肤浅的男人，她连应酬的心情都没有，三分钟，喝完咖啡，转身离去，速战速决。

白小艺的母亲大失所望，原本指望着，用一场恋爱把女儿解救出来的想法泡汤了，只好琢磨其他招数。为防不测，在新的招数没有想出来之前，决定亲自督导，陪护，监视，以防出现意外和不测。

有一次，白小艺去阳台上找东西，白妈妈竟然以为白小艺要跳楼，从另外一间屋子冲过来，死死地抱住小艺不松手，小艺不解其意，问她想干吗？她说，傻闺女啊，你可别想不开啊，失掉一个男人算什么啊，天下还有很多男人呢，总有一款是喜欢你的，要不行，咱去《非诚勿扰》征婚去，干吗要想不开啊？爸妈都老了，需要你照顾，你可不能那么自私啊，只图自己痛快。

白小艺愣怔在那里，她被母亲数念得心里有点酸，心中暗想，可怜天下父母心啊，将来我做了母亲，也会这样吧！

想归想，白小艺还是板起脸说，不是我批评你，你这是干吗啊？我什么时候有想不开？白妈妈鼻涕一把眼泪一把，说，你没有想不开，好好的，干吗把长发剃成了光头？你成心啊？白小艺笑，街上流行光头，跟失恋有什么关系？半毛钱的关系都没有，你放心吧！

那你干吗每天都把自己关在屋子里不出来？

我想考研啊，读博啊，让那个不长眼睛的男人后悔去吧！

白小艺的母亲松了手，说，我还当你想不开要跳楼呢！

白小艺说，我又不是现代版的杜十娘，我有那么傻吗？

白妈妈双手合十，高兴得念起了佛，阿弥陀佛，谢天谢地，你的感冒终于好了！

红 唇

喝多了酒，迷迷糊糊从洗手间出来，一脚踏在一个穿着细带凉鞋纤纤裸足上，我吓了一跳，然后顺着那只脚往上看，不看则已，一看不由得心慌起来，一个很瘦的女子，脸色白到没有一点血色，竟然有一张鲜艳欲滴的红唇，灯光下，像盛开的花瓣，我顿时觉得口干舌燥，窒息，莫名地烦躁起来。

那个女子笑了起来，声音很好听，像金属碰撞时发出的悦耳的声响，她有些顽皮地说，你要一直这样踩着我吗？我忙抬起脚，平常伶牙俐齿，对着她忽然笨拙起来。

女子略有些淘气地说，我踩你一下试试？我没有听清她说什么，强劲的背景音乐，加上我的注意力在她的红唇上，她的唇形饱满，唇线清晰，有一点点的性感，有一点似嗔似喜。

她说她叫鱼无心，这个名字怎么听都像是假名，不过没关系，这年头有假的谁还说真的？人人都戴着面具生活，更何况一个名字。

回到席间，大家嚷嚷，说我去泡妞，该罚酒，于是我又灌下去两大杯啤酒，头竟然晕眩起来。回到家里，一觉睡到天亮，起来后头痛欲裂，想起昨晚遇到的那个女子顽皮的神情，竟似做梦一般。

百无聊赖地坐在电脑前，手机便不甘寂寞地响起来，怎么也不会想到是鱼无心，电话里一片嘈杂的背景，无心微弱地说，我在上次遇到的地方，你来接我。说完便挂了电话。我没有来得及细想，抓起外衣，开上公司配备的桑塔纳，一路狂奔，甚至闯红灯，赶到那家K歌，在混乱的人群里找到她，她看起来疲惫，头发凌乱，脸色苍白，只有红唇艳丽依旧。

我走过去，她紧紧地抓住我的手，有些抖，穿过混乱的人群，穿出迷离的灯光，喧闹渐渐远离，一直走到街上，她忽然转过身趴在我的肩上哭了，我没有防备，一下子手足无措起来。她的红唇离我那么近，我盯着看了几秒，然后把头别转过去，我怕我控制不住自己会吻她，我不是什么好男人。

为公司签了一个大单子，但公司老板的亲戚仍然撬了我市场部经理的位

子，我没有犹豫，找了一个空纸箱，把自己的东西收拾好，平常那些称兄道弟的哥们，竟然没有一个过来送我。

天还没黑，我一个人去了上次那家K歌，有年轻的女人蹭过来，大哥一个人不寂寞吗？请我喝一杯吧？我不耐烦地摆摆手。那个年轻的女人屁股一扭一扭的，去招揽别人，我忽然想笑，一直笑到流出了眼泪。

一扭头，我看到鱼无心，她在舞池的中央，被别的男人搂在怀里跳舞，依然是那么风情万种，骄人的青春像水一样流淌，小蛮腰，眼眸如水，红唇妩媚。

我把玻璃杯中的科罗娜，仰头灌了下去，然后走到舞池边上，拉住无心的手，无心不肯跟我走，于是僵持在那里。

无心回身，被那个男人带进怀里，他们继续舞着，我突然觉得心中可不遏制地悲凉起来，伸手抓了一把，像是要抓住救命的稻草，结果抓住的仅仅是无心身上的小衫，不知怎么小衫就掉了下来，无心的身上只剩下黑色的文胸。

有一刻钟，大厅里鸦雀无声，很多人屏住了呼吸，等着看接下来的一幕。然后不知是谁吹了一声口哨，无心哇的一声哭出来。我慌忙脱下外衣披在无心的身上，还没反应过来，鼻子上便挨了一拳，只觉得鼻子哗地一下，瞬间热流而下。不用看也知道流血了，我不擦，回身看，是和无心跳舞的那个男人打我的，我怒目而视，那个男人便说，看什么看？她今天晚上被我包了。我揪住那个男人恼怒地说，你胡说。那个男人有些不屑的样子，谁胡说？她不过是个舞小姐而已。我和那个男人撕扯起来，无心跑过来抱住我，泪如雨下，回头对那个男人说，他是我表哥，请高抬贵手。

无心把我弄回家，给我擦了脸，然后用棉球塞住鼻子，血不再往下流。无心说，你怎么那么傻呢？

我不说话，看着她，一直看着她，为什么我认识的女孩都那么喜欢钱，为了钱不择手段，我的心绞痛起来。我捉住她的手，问，为什么？

她故作无所谓地说，第一次跟着同学去玩，后来便恋上了跳舞，再后来觉得挣钱很容易，有了第一次，便不可遏止地有了第二次、第三次，然后在学校混不下去了，便跟着她们混。

我心情复杂地盯着她，叹了一口气，然后告诉她我喜欢她，不介意她的过去。

无心很开心的样子，把头轻轻地偎在我的肩上，喃喃地说，你喜欢我就把我拿去吧！我抱着她，心跳得很厉害，但亦只吻了她的红唇，有如蜻蜓点

水般吻了一下。

当我再一次去找于无心的时候，已是人去楼空，她曾经租居的屋子里，一片狼藉，像一个被丢弃的战场。

很久以后，我的电子信箱里收到一封没头没尾的邮件，她说不用再找她了，她已经离开了这个城市。过去是永远都抹不掉的一笔，不是因为谁在意就存在，也不是因为谁不在意就不存在的。她非常理智地说，与其将来这份伤痕会硌疼谁，还不如把这份美好的感情留在记忆里。

我看着那封电子信，一直看到眼睛看不清屏幕。

还　心

周一去上班，李宝亮把一张拟好的广告丢给助手袁薇说：“去晚报登个广告，我要给我儿子找个保姆，小家伙一个人在家我实在不放心，找个保姆方便照顾他。”

袁薇是一个能干漂亮的职业女性，李宝亮创业的时候，她就跟着他，风风雨雨好多年了，不是不喜欢他，可是他从来没有给过她机会，后来李宝亮遇到林珠，她就更没戏了，不是没有想过离开，可是她实在是不甘心，这么好的男人，朝夕相对，怎么就截获不了他的心呢？

袁薇一直守株待兔，就在她快绝望的时候，想不到李宝亮的妻子林珠突然发生车祸，一命归西。难过归难过，但她还是觉得这是一个千载难逢的机会，再也不能错过了，就连老天都在帮她，再得不到李宝亮的心，那自己真的是个废物。

袁薇拿着那张广告，问李宝亮：“以后我去照顾你的儿子小贝壳吧？”李宝亮摇了摇头说：“不行，那就大材小用了。找个保姆就好，手脚干净些，勤快些就行。”

广告一发出去，应征的人很多，李宝亮千挑万选，竟然选了那天深夜在上岛咖啡要搭他车的女人，她叫赵珍，30 岁，没有结婚，干活很利索。最主要的，是他的儿子小贝壳跟她投缘，一见面小贝壳就喜欢上她了。

赵珍每天接送小贝壳去幼儿园，然后买菜做饭，把家里收拾得井井有条，李宝亮和小贝壳的衣服洗烫好了，放在固定的地方，每次想穿的时候，就可以拿到散发着柠檬芳香的衣服，和妻子林珠的习惯很像。

晚上李宝亮下班回到家，她把小贝壳交到他的手上，然后就赶着去打另外一份工，李宝亮为此专门找她谈过一次：“你很需要钱吗？”赵珍点了点头，李宝亮说：“你把那份工辞了吧！专心带小贝壳，我可以给你双份的工资。”赵珍又一次摇了摇头说：“我需要钱，很多钱，但我自己可以挣到。”这个固执的女人，有一双明亮秀气的眼睛，每次李宝亮看到这双眼都会莫名

地心跳，还有那固执的个性，怎么那么像一个人呢？赵珍的外形一点都不像林珠，但是赵珍说话的语气、处世的方式总会让他想起妻子林珠。

有一天，李宝亮过生日，袁薇老早就来了，以女主人的身份指挥赵珍买这个买那个，做这样做那样。赵珍做了一道玉脂豆腐拌皮蛋，袁薇说：“李总不能吃皮蛋，他一吃皮蛋老胀气。”赵珍说：“可是宝亮最近很爱吃这道菜。”

这句话一下子打翻了袁薇的醋坛子，她尖牙利嘴地对赵珍说：“哟，才来了几天，就宝亮宝亮地叫上了？也不看看自己什么身份，一个保姆而已。我跟了李总十年了，在外面什么风雨没见过，也不过叫一句李总罢了，是不是宝亮？”

李宝亮把眉头皱成一堆，低吼了一句：“都给我闭嘴，行不行啊大小姐？让我过一个清静的生日吧！”

两个人都不再言语。不成想，吃完饭，袁薇在卫生间里尖叫了一声：“天，我的宝石戒指不见了，你们谁看到了？那可是我新加坡的舅父送给我的，值很多钱。”

赵珍梗着脖子说：“我才不稀罕你那破玩艺呢，你自己放错了地方，想不起来，少在这里赖人。”

袁薇跑到李宝亮面前撒娇，赵珍看不惯，和小贝壳一起去了另外一个房间玩拼图去了。

不大一会儿，李宝亮过来敲门，说：“赵珍，如果你拿了她戒指就还给她吧！别开玩笑了，不然她会报警的。”

赵珍霍的一下站起来，一字一顿地说：“没拿就是没拿，事关名节清誉，我怎么能随便承认呢？身正不怕影子斜，你们报警好了。”说着，赵珍拿起手袋走了。

第二天没来，第三天没来，以后再也没来。

小贝壳想念赵珍，不吃不喝，不肯去幼儿园，李宝亮拿小贝壳没有办法，说实话，他自己也有些想念赵珍，吃惯了她做的饭，穿惯了她洗的衣，家里突然没有了她，显得空空荡荡的。

一个星期以后，小贝壳在卫生间里玩水，打翻了垃圾桶，意外找到了袁薇的宝石戒指。小贝壳举着戒指去找李宝亮，嘴里嚷嚷：“珍姨不是小偷，戒指掉进垃圾桶里了。”

李宝亮松了一口气，抱住小贝壳说：“我们一起去接珍姨回来吧！”

李宝亮同意了，去接赵珍那天，赵珍哭了，她说：“你怀疑我偷了别人

的东西，我不怪你，要怪只能怪我胸腔里的这颗心，我知道我只是个保姆，不该有奢望，可是这颗心偏偏和我做对。”

赵珍的话让李宝亮生了疑，妻子林珠生前曾有一个愿望，希望去世后把自己的心捐给需要的人。李宝亮去医院查了妻子的心脏去向，院方要给患者保密，所以李宝亮费尽周折终于得到了一个结果，妻子林珠的心的确捐给了一个叫赵珍的女子。

李宝亮喜极而泣，妻子去世以后，不成想，她的那颗心居然还活着，而且千方百计、费尽周折找到自己，而自己竟然委屈她偷了别人的东西，怪不得自己第一眼看到赵珍的眼睛就会心跳不已，怪不得赵珍会和小贝壳的关系那么好，原来这一切都是冥冥之中自有天意。

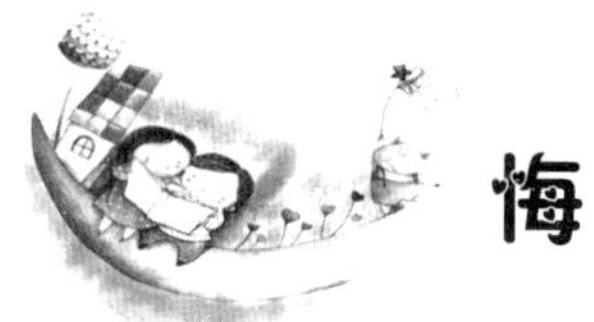

悔

那天，他正在跟一家公司谈判，唇枪舌剑之际，秘书进来说：“林总，家里来电话，已经连续打过了三次，可能有急事，您看是不是回一下？”他皱着眉头，接过手机，去走廊里回电话。

母亲在电话里直哼哼：“儿呀，妈有些不舒服，你快点回来吧！回来晚了就见不到妈了。”不听则已，一听之下，心神立刻就乱了，丢下正谈的合作事宜，让司机去机场买了连夜飞回老家的机票，毕竟合作的伙伴可以再寻找新的，而老妈只有一个。

进了家门，他就愣住了，老妈正在沙发上啃苹果，脸色红润，神态安详，没有半分不适的样子。他的脸色一下子黑得像锅底，硬邦邦地丢下一句话：“妈，您老没事儿，看看电视，扭扭秧歌，找老姐妹们聊聊天，以后千万别再开这样的玩笑了，您不知道您的儿子有多忙吗？您不知道您的儿子时间金贵？”

老妈像一个做了错事的孩子，丢掉啃了一半的苹果，小声嘟囔：“我想你了，不这样诳你，你肯回来？”他摇了摇头，叹了一口气说：“等我赚够了钱，就有时间陪着您老人家了。”

说着，他拿起小小的行李箱，准备立刻返回公司。母亲可能看出了他的意图，拉着他的手说：“中午我给你做你小时候最喜欢吃的蛋炒饭，小时候，你像一只小馋猫，一听说有蛋炒饭，脸上就乐开了花儿。”

他挣脱了母亲的手，说：“妈，我真的还有事儿，必须立刻赶回去，以后再回来吃你做的蛋炒饭。”母亲拉住他的手，就是不松开，她不知道，他早已不再是当年的小馋猫，别说是蛋炒饭，就算是鱼翅捞饭也不见得稀罕。他的理想就是赚钱，赚很多很多的钱，然后给母亲买一栋大别墅，好让母亲颐养天年。

那天早晨，他终于没能走出家门，母亲死缠硬打，就是不放他走，让他陪着去超市买鸡蛋，据说鸡蛋每斤便宜了一毛钱，排了三个小时的队，限购

五斤，省了5毛钱，可是他为了这5毛钱，失去了一个几百万的合同。

他的眉头纠结得像一只毛毛虫，僵硬地趴在脸上，满心满脸的不乐意，可是又不能对着母亲发火，用无限的忍耐，陪着母亲去早市买菜，看母亲和小贩讨价还价，为几毛钱和小贩争得面红耳赤。陪母亲去公园遛早，遇到打招呼的人，母亲笑意盈盈地把他推到人前："这是我儿子，特地从北京回来看我了。"人家说一声老太太您可真有福气，母亲的脸上便写满幸福、欣慰和满足。母亲甚至还带他去看了旧居的街坊和邻居，用诗人一样的情怀跟他描述他小时候的那些事情。

不过三天，他的耐心终于被消磨殆尽，他说："妈，我真的很忙，下次再回来看你。"然后拖着行李，义无返顾地走了。

半年之后，母亲又一次来电话，仍然是上次的腔调，甚至连字都不曾改一个："儿呀，妈有些不舒服，你快点回来吧！回来晚了就见不到妈了。"抱着电话，他忍不住笑出来，老妈又跟他打埋伏，诳他回家，他才不上当呢！

他好脾气地安慰老妈："是不是又想您儿子了？我等春节再回家看您老，别着急，很快的！"丢掉电话，他乐了，觉得母亲像一个贪玩的小孩子，一次次故伎重演，等把手上这件事情搞定了，再回家看望母亲。

可是，仅仅过了两天，他就收到一个足以让他的整个世界为之坍塌的消息，母亲去世了。

原来母亲并没有骗人，原来母亲说自己不行了，是真的，并不是开玩笑，早在半年前就已查出癌症的结果，为了不影响儿子的工作和生活，所以并没有告诉他实情。

他又一次连夜返回老家，未及见母亲最后一面，母亲就已经走了。

他买了大抱的白菊花，站在母亲的墓前，小时候的事情历历在目：母亲教他吃饭，可是他老是掉饭粒；教他穿衣服，他老是扣错扣子；母亲教他刷牙，他老是刷得满脸泡沫，像一只花脸猫；母亲教他做人的道理，他老是当成耳边风；被人欺负了，也是母亲保护他；过马路时，母亲总是牵着他的手。后来呢？后来母亲就老了，母亲老时，自己在哪里？有几次陪母亲吃饭？有几次牵着母亲的手过马路？有几次给母亲打电话，主动地嘘寒问暖？

总以为会有很多的时间在一起相处，总以为等事业有成了再孝敬父母，总以为一切都来得及，总以为来日方长。

现在，什么都来不及了。

他悔。悔得肠子都青了，可是世间并无后悔药，他跪伏在母亲的墓前，双泪长流，久久不肯起来。

假戏真情

站在时光的隧道里，她如醍醐灌顶，幡然醒悟，多年前的那一幕，只是他用心良苦导演的一场戏，为的是不让她陷入一场错爱中……

他是一个英俊的男人，清爽，干净，没有长指甲，笑起来眼睛弯弯的，眉毛扬起，很好看。

只是她对好看的男人并不感冒，在她的印象里，总觉得太过英俊的男人，大多是绣花枕头，徒有其表，金玉其外，败絮其中，有真本事的并不多。

这样的人做她的上司，她自然是不服气的。

第一次她和他有了正面的冲突那天，父亲打电话来，说母亲犯了旧疾住进了医院，她胡思乱想了一整晚，不知道母亲的病情如何，是不是很严重。

昏头昏脑黑着眼圈去上班，快下班时她被他叫到办公室里，他皱着眉，冷着脸，从一摞报表中抽出一张，狠狠地摔到桌子上。

他气呼呼地说，你自己的错，最好你自己改，别让我替你背黑锅。

她吓得一哆嗦，那还是第一次见他发那么大的火。她拿起那张报表再看了一遍，似乎没有什么错，她黑着脸说，我检查过了，没有错误。

他正在抽屉里找什么东西，一堆的东西，被他翻得乱七八糟的，她斜睨了一眼，有几张女人的照片，照片上的女人眼睛细长，神色忧伤，很漂亮。也难怪，这么英俊的男人，抽屉里有几张美女的照片也很正常。

他抬起头来，声调一下子提高了八度，冲她吼，看什么看？没有错，我能让你去检查吗？难道我会故意刁难你？我有那么不堪吗？

她也火起，冷笑道，这个真的很难说。

他停下手里的事情，专注地看着她，大约有30秒的样子。然后，忍不住乐出来，幽幽地道了一句，我像那么小心眼的人吗？来，你过来看看，你的小数点点错了，把一个数字无端地扩大了几百倍，你也不想想会是什么后果。

她的脸一下子红了，张了张嘴，想说一句什么话，但还是没说出来，还能说什么呢？

有了这一次的经验，她无端地，有些怕他，怕他什么呢?

在这个异乡的城市里，他没有朋友，没有亲人，一个人无法派遣寂寞，于是就在街上闲逛，然后在商场里遇到他，他惊喜地把她拉到卖鞋子的柜台前，挑了一双女式的白皮鞋，有镂空的雕花，很漂亮，是她喜欢的式样，他说，你试试吧!

她有些惊喜地说，不大不小，正合适。转头没心没肺地问他，你怎么知道我穿鞋子的尺码?

他的脸也红了，转头看着别处，有些心虚地说，不是给你买的，是给我太太买的，她腿脚不方便，你的高矮胖瘦和她差不多，所以请你帮忙试试。

她的心嗵的一下就掉到了一个很深、很深的地方，心中蹿起来的快乐小火苗，一点一点熄灭了。

后来她才知道，他早已经结婚了，太太就是那个他抽屉里那些照片上的女人。很可惜的是，她因为车祸不得不一直坐在轮椅上。

她开始羡慕这个女人，她不能走路，但她拥有所有女人都羡慕的爱情。她不忍心抢夺她的幸福，可还是情不自禁地爱上他。

有一次，晚上加班到很晚，他送她回家，在楼下，她第一次向他表白了自己的爱慕，她似乎看出了他的不安，连忙说，我和你一起照顾她吧？他摇了摇头说，不，她会受不了的，她那么脆弱，又那么骄傲，怎么会忍受自己的爱被别人瓜分？她的泪掉下来，但她鼓励自己，这么好的男人，我不能错过，不要放弃!

那天晚上之后，有风言风语传来，说办公室里的珍妮和他眉目传情已久，有一次，她甚至亲眼看到他们人前人后出双入对，进餐厅，逛商场。她银牙咬碎，暗啐，装什么深情王子，英俊的男人多半靠不住，幸好自己还没有掉进去，现在转身还来得及。

带着一颗破碎的心，以最快的速度辞职，离乡。最后一面，他只说了一句话，你要好好的。她不屑地转身离去，从此再未曾见过他一面。

她去了新的城市，换了新的工作，有了新的同事和朋友，把自己嫁给了追她多年的大学同学，那一段情云淡风轻。

有一年，她去机场接朋友，想不到竟然遇到原来的同事珍妮，寒暄之后，她还是忍不住问了他的情况，她酸溜溜地说，你们俩在一起很幸福吧？珍妮狠狠地捶了她一拳说，你这丫头可真傻，当年他怕你掉进一场不值得的感情中，所以和我联手演了一场苦情戏，全公司里谁都知道，唯独你一直蒙在鼓里，你到今天还在记恨他吧?

她傻掉，想起最后一次见他，他说，你要好好的，当初竟然觉得他是敷衍和作秀，如今想来，他的每一句话都是真诚的，他的内心和他的外表一样，俊朗秀美。

站在空旷的机场大厅里，她的眼泪忍不住，潸然而下。

开满葵花的小镇

那天放学后，同学们都在操场上踢足球，他丢下书包，兴高采烈地跑过去，准备加入，谁知道同学们看到他，一哄而散，抱着足球，搭着球衣，唯恐对他避之不及。

他孤零零地站在操场上，觉得很受伤，刚才还热热闹闹的操场，转眼就变得静悄悄的，他百思不得其解，自己为什么一下子成了最不受欢迎的人呢？委屈的泪水在眼眶中打转。他冲着那些离去同学的背影，愤懑地大喊：“我做错了什么，你们这样对我？”

大家都不出声，急急地往前走。只有其中一个矮个男生转回头来，冲他嚷了一句：“我们不和杀人犯的儿子一起玩儿。”

他呆住了。对于自己的身世，他一直很好奇，从小到大，问过母亲无数次，为什么别人都有父亲，而自己没有？每一次母亲都告诉他：“父亲因为生了一场大病，无法治愈，所以被夺去了生命。不过父亲很勇敢，面对疾病一点都不怯懦。”

每一次母亲跟他讲述这些，都是饱含深情，眼睛里蕴藏着热泪，母亲说：“父亲最后的遗言是，希望尚在母亲腹中孕育的他平安长大，做一个健康快乐对社会有用的人。”

他不知道该相信母亲的话，还是该相信同学的话。每一次他听到同学们的风言风语，回家问母亲。母亲就会带着他搬家。从上小学开始，他已不知搬过多少次家了，家的概念对于他来说很简单，就是母亲，还有一只皮箱，那就是他对家的全部理解。

我不是杀人犯的儿子。这件事情就像一根鱼刺一样，卡在喉咙里，不上不下，很难受。那段时间，他吃不下，睡不着。学习成绩一落千丈，成为班级里的差生，老师打电话让母亲去学校一趟。

母亲回来后眼圈红红的。他知道无法再避开一直存在的问题。他倔强地

问母亲："妈，爸爸他真的是一个杀人犯吗？"

母亲伸手在他的头顶摸了一下，这个平常的爱抚动作，让他的眼泪像决了堤的洪水。

母亲却笑了："妈妈没有骗你，你安心读书，假期妈会告诉你答案。"

假期来临的时候，他向母亲重新提出了这个问题。母亲给他准备了一个双肩带的背包，里面是衣服和书本。然后母子两个一起上路了。

母亲带他一起去了父亲的故乡，在他的印象里那是一个神秘的地方，因为在那里，他可以找到答案。但是多少年里，他的答案被四处迁徙的脚步辗得粉碎。

倒了两遍火车，换了三次汽车，终于到达父亲的故乡。

父亲的故乡是一个北方小镇，小镇的周边种满向日葵。阳光撒在那些金黄的花瓣上，生动妩媚。

一入镇街，就不断地有人跟他们打招呼。得知他是谁谁谁的儿子，立刻惊呼："天，他的儿子都这么大了，长得真像，只怪他没福，去世那么早。"

母亲带他去了父亲的二大伯家，二大伯给他讲了父亲小时候的顽劣故事，父亲小时候很淘气。上树捉雀，下河逮鱼。有一年差一点把腿摔折了。父亲的二大伯还拿出了父亲小时候的照片，那是一个和他如出一辙的俊秀少年。

母亲又带着他去了父亲的一个同学家，是一个年龄和母亲相仿的女人，慈眉善目，和蔼可亲。女人讲述了一些父亲和她做同桌的趣事。她说父亲念书很用功，学习成绩很好，志向远大，只可惜英年早逝，说到后来，女人很动容，眼睛里有了泪水。

那一次，他们在小镇上呆了好几天，年龄稍长的人，几乎都认识父亲，他们给他讲述了父亲的往事。点点滴滴中，他逐渐理出心目中父亲的轮廓：一个快乐、健康、向上的人。

心中的疑团消除之后，他不再琢磨这些令人心烦的事，把所有的精力都投入到学习上，他变成一个快乐健康的少年。后来，终于以优异的成绩考入北方的一所名校。

大学毕业之后的第一天，母亲带他来到一座监狱。他见到了一个面色苍白的中年男人。母亲说："这就是你的父亲，他是一个杀人犯，但他不是坏人，只是过失杀人。"

他一下子就傻了，嘴唇哆嗦半天才问："可是那个开满葵花的小镇，那

些纯朴善良的人们都说了假话吗?”母亲摇了摇头:“不是他们说了假话,是妈央求他们说假话的,那时候你还小,很多事情无法分辨和承担。我不想让你父亲的错失,压得你一生都抬不起头来,一辈子生活在父亲的阴影下。”

他一下子就哭了,想象着母亲在故乡的小镇,挨家挨户说服人们为他编造一个谎言的情景,心中不由得大恸不止。

暗香

我是爱她的。

十年前，我十八岁，她十七岁，我们在一个学校里上学。有一天在学校的餐厅里，我不小心把她手里的饭盒碰掉了地上，回头时，我看到她正呆怔地瞅着我，从此我记住了她那双眼睛，明媚如秋水一般。

每当她步履轻盈地从我的旁边经过，我不用回头，亦知道那是她的脚步声，喜悦像她的足音从我的心上轻轻地走过。那时候，她像一朵清新的丁香，偶尔的忧郁中带着一种沉思，我远远地注视着，心中会有一种疼痛掠过。

许多次，我站在校园旁边的那条有名的情人路上等她，想把藏在心中的秘密告诉她，我是那么的喜欢她，她唇边的笑容，如水的眼眸，偶尔回头的嫣然都会令我心悸。远远地看着她走过来，我的心中立即被喜悦盈满，带着一丝莫名的慌惑，可是她经过我的身边时，我只笑了一笑，什么都没说，高考在即，我怎么忍心惊扰她平静的心境，可是每天看到她，却不能把心中所想告诉她，真的很难受。

尔后她考上了华东的一所大学，而我却考上了家乡的一所大学，她学了文，我学了理，不久便各奔东西。很多同学都到车站为她送行，太多的言语已不能说，离情只能拥抱诉说，我站在别人的背后，默默地看着她，如果把心底的话告诉她，千里相隔，只能徒然增添了她的牵挂，想想，我终究还是什么都没有说。

六年前，我在家乡的城市遇到了她。她悄悄地回到这个城市，在一家报社当了记者。相逢的喜悦刹那间溢满了我的心头，我想，终于有机会把心底的话告诉她了，可是她却把一个站在她身后的男孩拉过来说，这是我的男朋友。那个男孩很大方地和我握手，说她常在他面前说起我，因此他知道我是谁。我的心渐渐温润起来，塞满了惆怅的情绪，满心的欢喜霎时凝结，张口结舌，不知道对她说什么好，淡淡地笑着，对她说了一些祝福的话。后来，某天再忆起当时的情景，我竟然不记得自己对她说过什么。

只有我自己知道，心中有多么难受，一个人跑到小酒馆里喝得酩酊，却不肯归。那么轻易地就失掉了她，我心中不甘，哪怕是说出来，被她拒绝了，也比现在好受。一个人的爱情，纵然绽放异彩，也是寂寞的。

三年前的夏天，小侄缠着我到海边堆沙堡，我本来不想去的，可是经不起小家伙的死缠烂打，只好乖乖地跟着小家伙去了海边。意外地与她相遇，她穿着泳装，身上披了大块的浴巾，坐在太阳伞下面。我从她身边经过的时候，恍惚觉得是她，于是回头细看，不是她是谁？那张脸不再是青苹果一般涩馨，看起来成熟妩媚，脸上多了动人的笑容，再也找不到当年丁香般郁结的忧伤，我的心中仍然是喜欢的，喜欢到心疼。她说她结婚了，不是六年前我见过的那个男友。

我别过头去，心中嗞嗞啦啦，像烧开了的水。如果三年前跟她说了心中的爱慕，她身边的男人会不会是我？这样想着，我心中懊丧不已，像一个做了错事的孩子一样自责。

从海边回来后，我以最快的速度与一个喜欢我的女孩恋爱了，因为我觉得自己再也没有机会了，我输掉了所有。

一年前，单位组织体检，在医院长长的走廊里，我看到一个瘦弱的背影，我的心跳忽然快了起来，我认出那是她，我紧跑几步追上去，果然是她。她看起来憔悴多了，脸色苍白。我忽然有一种想流泪的冲动，一直以为自己忘记她了，原来她一直停留在心的深处。我问她过得好不好，她说不好，这些年一直不能忘记我。

我呆住了，时光纷纷从我眼前退去，这个世界里仿佛只有她一个人站在我的面前，我怔怔地看着她说不出话来。

十年前我就想告诉她说这句话，可是分分合合一直没有机会。她笑了，一直笑得流出了眼泪，因为她终于在她生命的尽头听到了我的这句话，她想听的话，也算人生无憾。

当花瓣离开花朵

暗香残留

我一直以为没有机会告诉她，原来有那么多的机会，都被我轻易地放弃，轻易地错过，白白辜负了一场美丽的相遇，纵然留住暗香，不及瞬间怒放，爱一个人就是要告诉她，让她懂得，让她明白，让她珍惜。

她泪流满面地说，如果有来世，我们会有缘。我长叹，来世只是自欺欺人的说法，如果有今生，谁还要来世？我像站在时光的荒野上，疼痛一阵一阵地袭来，如果当初能够勇敢一点，如果当初不那么优柔寡断，我们的人生

即便不是异彩纷呈，也必定不会是现在这个样子。

不说来生，只说今世。我打算在医院里陪着她，走完最后的生命历程。

她答应了，脸上的笑容前所未有的灿烂，遮住了她病中的苍白。我握住她的手，她的手前所未有地冷，一直冷到我的心里。她说，窗外那些丁香真美，香得让人迷惑，你去采一枝送给我，插到输液用过的瓶子里，十年前我就想拥有你亲手送给我的丁香。我笑，等我回来。

我抱了满满的一怀丁香，可是病床上空无一人，她走了，就这样从我的眼前消失了。

那些丁香纷纷地跌落到地上，我心中大恸，一个人慌奔出医院。大街上人来人往，我站在人流中，身旁车如流水，时间仿佛静止不动，我到处找她，看见人就问，有没有看见一个女子？她生病了，可是没有人知道。我急急地奔走，眼泪往心上流，依稀看到前面的女子是她的轮廓，我追上去拉住那人，那人回头瞪我一眼，你有病啊！

我止住脚步，心中忽然明白，再找下去也是枉然，爱情与我，像是生了一场病，今生再也不会痊愈。

捞　人

腊月底，已经有了相当浓郁的年的氛围，街边的小贩，有性急的，已经把大红“福”字和对联挂出来了，高一声低一声地叫卖。

老冯就这个节骨眼上进去的。进了哪儿了？当然是大牢。

他家的生活条件不算太好，三个儿女各自成家立业，独立门户另过，结一个婚，剥一层皮，等他们三个都出窝了，老冯也穷得叮当响。剩下他和女人过日子，女人笑，说要好好享受一下二人世界，把年轻时不懂得和顾不得的好时光都找回来。

老冯在一家小厂做保卫工作，其实就是门卫，虽然挣得不多，但倒也清闲，下了班和女人一起买菜做饭，虽然手里紧点，倒也乐和。

几个小混混看见他们厂里的废铜烂铁堆得到处都是，就打起了歪主意，请老冯喝酒，说老冯你能不能抬抬手，抬抬脚，顺带也抬抬眼，我们哥几个到你们厂里弄点破铜烂铁，换几个零花钱花花，也不用你做什么，到时你假装没看到就行，放我们哥几个过去就成，到时少不了你的那一份好处。

老冯动了心，与其那些破铜烂铁在日头底下风吹雨淋地生锈，还不如换几个零花钱花花，女人跟着自己一辈子，没吃好，没喝好，日子过得小手小脚。老冯叹了一口气，女人虽然没说过什么，但他明白，都是自己没能耐啊！

喝大了的老冯，没有点头也没有摇头，大家不停地碰杯，气氛很热烈。

后来就出事了。

那个雨雪交加的夜晚，几个混混以为不会有什么人注意，大摇大摆地开着车，去了老冯他们厂，被当场抓了个正着。出了事之后，那几个人一口咬定老冯是他们的主谋，老冯有嘴难辩，厂里的人就报了警。

老冯进去之后，被判了三年。三年说长不长，说短也不短，对于一个日薄西山的人来说，能不能活着出来，还是两话说呢。

女人在家里，呼天抢地，大放悲声，晚节不保啊！临了临了，还出了这么一码子事，这不是天塌了吗？一方面觉得无脸见人，见了街坊四邻，恨不

能把头低到尘埃里。另一方面，担心老冯，年龄又大，身体又弱，不知道能不能挨过这一劫。同时又怒其不争，这么大岁数的人了，做事不动脑子，好好的，就被人诬陷为监守自盗。思来想去，女人觉得窝心，抑郁成疾，病倒在床上。

老冯家的三个孩子，只有闺女还成点气候，可惜是个女儿，两个儿子都是稀泥糊不上墙。闺女听说家里出了大事，妈又病倒了，急急忙忙连夜赶回来，拍了胸脯说，妈，放心，有我呢！我保证把我爹捞出来，您老就瞧好吧！

闺女马不停蹄地回家筹钱，一趟一趟地往省城大牢跑，托人托关系，各方咨询，最后有明白的人说，这事不大好办，最多也就能办个保外就医。闺女气鼓鼓地说，我爹又没有犯事，凭什么抓他？我一定要把爹救出来，让那些看笑话的人白费力气。

女人躺在床上，气息奄奄，做不得闺女的主。女人说，算了，花钱事小，别把你也搭上，三年就三年吧，让你爹在里面待着，也好记着这个教训。

闺女的犟脾气上来了，气狠狠地说，我就不信，还有拿钱摆不平的事，不就是花钱吗？倾家荡产我也要把爹弄出来。

闺女说到做到，谁劝都不听，一趟一趟往省城跑，找熟人托关系，冤枉钱花了不少，罪也没少遭，老冯在里面蹲了两年半之后，终于被闺女以保外就医的名义弄出来了。

老冯出来那天，是伏天，天气正热，老冯抹一把汗，迈进家门，百感交集地喊了一嗓子，我终于回来了！

无人应声，老冯慌了，问闺女，你妈呢？闺女红着眼圈说，我妈等不及，走了，说在那边等你。老冯腿一软，一屁股坐到地上，再也不肯说一句话。

后来才知道，闺女因为捞他，花光了家里所有的钱，而且还借了外债，女婿不干了，一怒之下和闺女离了婚，女人受不了这个折腾，一命呜呼！

从那时候开始，老冯逢人便说，我怎么那么傻呢？我可真傻啊！他最爱去的地方，就是女人的坟，一个人整天守在那里，嘟嘟囔囔地小声嘀咕，我可真傻啊！想让你过好点，却要了你的命，想让闺女过好点，闺女却离婚了，我可真傻啊！

大家都说老冯疯了！

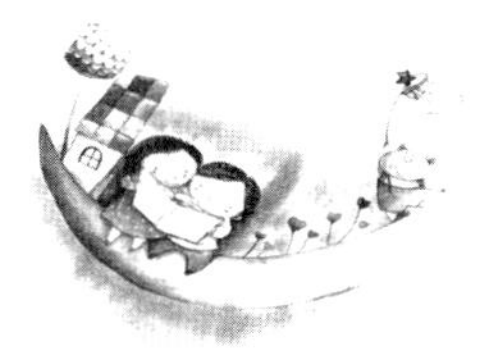

两只天鹅的爱情

春天，我从非洲南部的一个小岛出发，到巴音布鲁克的旅途中遇到了小白。那样漫长而又寂寞的旅途，仿佛长得没有尽头似的，孤独无依的我，几乎快要失语了。我是第一次独自去那么遥远的地方，心中有些胆怯，以前都是跟着父母，而现在我长大了。

就是那时，我遇到了小白，她是那样优雅美丽，修长的颈，让我懂得了高贵的含义。我喜欢听她说话，她教我怎样排解旅途中的寂寞，怎样抵御旅途中不被美景所诱惑，我听了感动不已。我和善良的小白很快就成了最好的朋友，有了小白的陪伴，长长的旅途变得充实起来。

四月来临的时候，我们进入草原，离巴音布鲁克似乎已经很近了，就在前面不远的地方，我和小白都很兴奋。大片大片美丽的紫鹃怒放如地狱的炼火，小白被这种植物深深地吸引住，一路上不断地回头，年少的梦被渲染成一种彩色的芬芳。

我和小白都是第一次来巴音布鲁克，小白好奇地东看看西瞅瞅，这里原来是一大片的沼泽，有美丽无限的风光，大家都在这样的季节里忙着谈一场轰轰烈烈的恋爱。有很多同类朋友比我们更早来到这里，在这里和心爱的伴侣结婚，生育，度过整整一个浪漫的夏季。

小白羞涩地接受了做我女朋友的请求，我答应她，这一生都会爱她，珍惜她，这是我所能想到的最郑重的承诺。小白兴奋地舞蹈起来，她的舞姿曼妙，优美，但歌声却不那么好听，她引吭高歌时，我忍不住回过头掩住嘴，偷偷地乐，小白羞涩地跑过来，用她的嘴啄我的羽毛，我连忙求饶。我记得那天我是她唯一的观众。

和小白相爱的日子，是我一生中最幸福的日子，我们有时在水中嬉戏，有时在岸边舞蹈，小白亲切地称我为大白，常常趁我不注意的时候，偷偷地吻我，那种幸福令我想起来，心中便充满了甜蜜。

六月，小白生病了，我觉得肩上的责任又多了一分，我充当起了她专职

警卫，日夜守护在她身边，生怕一不小心使她受到伤害。

一天，我出去给小白寻觅大海藻，给她做夜宵，这一段时间，小白很辛苦，有一些瘦了，除了给她多一些的关爱，我也帮不上她什么。在湖边，看到好多的海藻，我有些兴奋，直奔而去，可是，结果犯了一个典型的头脑简单的错误，这么新鲜的海藻，没有道理地等着我来拿，结果被一只捕野鸭的夹子夹住了脚，疼痛的袭击一下子使我失去了理智，我使劲地甩脚，却无济于事，那个该死的东西一直牢牢地夹住我的脚，挣扎的结果，徒劳地使我的漂亮的羽毛落了一地，如满天飘雪一样簌簌而落。

太阳渐渐西沉，远处的蒙古包里已经升起了缕缕的炊烟，远处的积雪映着白光，天边堆起了黛青的云。我已经精疲力竭，躺在地上如死了一般，我伤感地想起小白，她在家里一定会着急的，那样的时刻比迁徙的旅途还要漫长。

是夜，下起了大雨，冰凉的雨水打在身上，还有受伤的脚，让我感到一阵阵地发冷，我睁开眼睛，意识开始变得清晰起来，心中有一个疯狂的念头在滋长，我不能死，我舍不得小白，我不能害了小白，我和小白深深地爱着彼此，爱情于我们是很奢侈的东西，一生一次的盛开，我要坚强，为了小白。

渐渐模糊的意识中，我再次看到了小白，热恋时，我们曾在水中跳一种舞，我把这种舞叫爱情舞，小白却说那是水中芭蕾，我喜欢小白的舞姿，那些为我而跳的舞，永远留在记忆深处。

模糊中听到有人叫我，我睁开沉重的眼皮，我好像看到了小白，她哭了，她的伤心撕扯着我的心，我说，小白，别哭，我不是好好的，还活着吗？你该高兴才是啊！小白难过地点头。

我问她怎么来了？小白低下头说，我找你，已经找了一宿了。你千万别闭上眼睛，等着我，我去找人救你。我点着头，眼睛却不由自主地想闭上，我看见了天边七彩的虹，还有小白舞蹈时的样子，我知道我开始出现幻觉。

我醒来后，第一眼就看到小白，她身上的白色的羽毛脏得看不出本色，我笑她是一个脏小孩。是小白救了我，她千辛万苦地找到一个人，帮忙把我从夹子上放下来。我忽然觉得生命、自由、爱情，真的是那么美好。

我和小白是两只相爱的天鹅，我们要把爱情进行到底。

小　九

一入腊月，小九的母亲就托了隔壁的二婶做两床被子，两床褥子，准备小九结婚用的东西。这种喜庆用的东西必须找一个好人家来做。二婶儿女双全，并且在村子中也算是首屈一指的了。所以二婶在村子中也算是有福气命好的。

腊月里是村人一年当中最闲散、最舒畅的日子，身上的每一个毛孔都张开了，自由地呼吸着新鲜的空气。不用爬地垄沟，累得半死，一身泥一身汗的，腰都拉不起来。这一会子躺在热炕头上，享受生活，和女人闲扯一些无关紧要的琐事，把劳累了一年的身体，自由自在地向空中舒展。

小九选择在这样的日子嫁过去，有她一定的道理。

腊月底，滴水成冰。屯街上连一个人影子也没有，家家户户都在忙着准备年节用的东西。这年头，虽说穷，但到了年节依旧是像模像样，把一年当中省下的好东西都留到这时候，过程总是不能省的。贴春联、穿新衣，蒸上馒头、炸着春卷、炸地瓜丸子、炸萝卜丝丸子什么的。屋子里被水汽弥漫着，人在里面走，只看见一团一团的移动，透着古怪和好玩。但这是实实在在的日子，能勾起人的欲望和幸福的满足，身体的每一个部分都充满了前所未有的踏实。还有一种感觉，说不大清楚，是温暖吧！

眼瞅着就“打春”了，可是空气中还是闻不到一点春天的气息。不凑巧，这天飘起了小雪花，一朵一朵，在灰色的天空下，精灵般妩媚地飞舞着，这可是春天的脚步声?！小九仰起了脸，一朵小雪花落在她的脸上，瞬间化成了一个小雨点。

屯子中没什么大事，婚丧嫁娶已经轰动全村，引来许多人围观，街边的菜园子里、墙头上挤满了人。

小九刚刚十九岁多一点点，像一个没有发育好的孩子，个子虽很高了，可身子却很单薄，像皮影戏中一个美貌女子，薄薄的一片，一阵风就刮走了，更像一朵小小的、没有盛开的苹果花。

她穿一件灰色列宁装，掐腰，越发显得腰身小小的。隐约听到人群里有人说好看，她就得意地挺起胸，下巴略微地上翘，她知道这样的她高贵。一条红色长围巾搭在胸前，来一阵风它就摆动起来，衬出一张好看的小脸和细长的脖子。果然招来了许多人的目光。越过人群，她看见稍远处停着一个女子，不经意似的露出淡淡的样子，梳着两条长辫子，好看。那时，她不知道那是苗春。

要说小九的毛病，是得到了她爹的真传，那就是傲气，一直傲到骨头里，是天生的，别人学不来。

人都散去了，小九不能跟大家一样散去，她是今天的主角，她得留在这。她坐在大炕上，眼睁睁地瞅着墙上已经提前贴上的花花绿绿的年画，有“麒麟送子”、“年年有余”，眼睛里跳动着两团蓝色的小火苗，有热切、希望和对未知的不安。她隐约知道要发生的事。没有人跟她讲，但那是女人的一种本能。火苗烧着了身旁的男人，男人名叫有粮，是她的男人，小九心里想着不如叫有钱会更好一点，不觉要笑出来，但还是忍住了。男人很紧张，心忽悠忽悠地跳，跳得身上没力气，手脚也不听使唤。男人掩饰似的站起来，挂上粉红色的窗帘，粉红色多少有暧昧以及想入非非的意思，后又动手铺上被子，转身下地去烧水，预备水洗脸洗脚用。由于动作的幅度过大，划在半空中的弧线嘎然而止，以至于险些摔倒在地。小九终于笑出来，随即就收敛了。端坐着，一动不动，看着男人在身边走来走去，很紧张的样子，心中起了莫名的恐慌。

男人不苟言笑，和公公一样耷拉个脸，对小九说道：累了，就歇歇吧。

小九点点头。

男人是木讷而笨拙的，没有什么表示，也没有什么铺垫，就伸出一只有力的大手，动作很坚定，很直接，覆在小九小巧玲珑的乳房上，使劲地攥了一把，小九痛得立刻皱眉头，一颗晶莹剔透的泪珠挂在了睫毛上。女人楚楚可怜的样子激活了男人心灵深处最原始的东西。起身脱了衣服，吓得小九闭上了眼睛，心嗵嗵地跳个不停。男人关了灯，在夜的深处，男人变回了一匹狂野的狼，在无边的黑暗中折腾着一个不解风情的小女人。炕上的石板吱吱地响个不停。小九本能地、不顾一切地反抗着，撕扯着，压得炕石板吱吱地响个不停，挑逗得男人更来了劲，小九的情绪混乱，一时间昏了头，腾手就抽了男人一个响亮的嘴巴子。

男人呆了一下，又不管不顾地将硬邦邦的东西抵住了她，惊惧和疼痛仿佛是来自天上，时光在这一刻停滞不前，撕毁了女儿家的骄傲。男人却很满

足，倒头便呼呼睡去。小九睡不着，夜愈发显得长得没有尽头似的，炕格外地热，烙得人昏头昏脑，一点睡意都没有。北风吹得瓦片哗啦啦地响，就像人在上面走。呼呼地从心上走过。恨意从心上渐渐滋生，风生水起。

前些天妈说，九儿，过了门，你就是大人了，别孩子似的疯，你男人要你怎样你就怎样，那是个好人家。那是小九对家和男人以及对爱所得到的全部的唯一的知识。

这一时刻，她仿佛站在一个地方，迷失了方向，不知道哪一条才是通向前方的路。她抄起剪刀，朝着男人的下身就是一下，一股血柱喷射而出。

那个山沟沟里，那个要命的小九。

从此后，很多人看到小九和一个男人坐在房前晒太阳，一年一年，直到青丝如雪，小九再也没有说过一句话。

零度以下

午饭之后，男人站在办公室的窗前俯首楼下，29楼，真高啊！马路上奔驰的车辆如同火柴盒在移动，匆匆的行人如同一只只繁忙的蚂蚁，如果以鸟儿飞翔的姿势或者鱼跃的姿势跳下去，是不是所有的烦恼都会烟消云散？

胡思乱想的时候，新来的助手过来推他："想什么呢？饭菜都凉了，快吃吧！我给你叫了烧茄子、糖醋鱼和馒头。"他皱着眉头说："我不吃鱼。"女孩就乐了："这么大人了，怎么这么任性啊？鱼刺我都帮你弄干净了，卡不着你。"

女孩刚来公司没多久，漂亮，时尚，能干，说话的语速很快，像风吹过风铃，很悦耳，虽然和大家相处得都很好，但对他却显得过分热衷和关心。他去天台晒太阳，她会找个借口跑去跟他聊天。他下班后不肯走，在办公室里拖延，她也会想个办法留下来陪他。就连他去洗手间时间久了，她都会跑去门口喊他。

男人曾暗暗猜测，莫非这个女孩爱上自己了？他不大敢相信，自己正落魄，把公司和家庭弄得一塌糊涂，连妻子都懒得搭理他，怎么会有年轻漂亮女孩对自己好呢？

他拿起筷子，夹了一口鱼放进嘴里，想起妻子，以前每次逼他吃鱼的时候也是这种口吻。小时候因为吃鱼被刺卡过，所以很多年里，他一直拒绝吃鱼，直到遇到现在的妻，才改变了他的习惯。如果不是他把事情弄得一团糟，和她的感情也不会降至冰点，像一个屋檐下的两个陌生人，虽然还是一个锅里吃，一个床上睡，但几乎没有语言交流。

那时候，男人像疯了一样在股市搏杀，把家里多年的积蓄，把给孩子积攒的上大学的钱，把父母的棺材本，甚至把栖身的房子都卖了，统统拿到股市上去运作，以为凭自己的智商，凭自己的能力，赚个盆满钵溢还不是小菜一碟？

为此，妻子跟他狠狠地吵了一架，平常温柔如水的女人竟然像变了一个

人似的，拼命阻止他："你以为你是谁啊？股市天才？地球超人？你这样孤注一掷，将来肯定会跳楼的。"

吵闹，讥讽，眼泪都没能留住他的脚步。那时候，股市正火，谁买谁赚，他像一个赌红了眼的赌徒，哪里肯听？他把女人推了一个趔趄，拿着钱夺门而去。

有多得意就有多失意，谁都无法逃过这个规律。妻子的话虽然很难听，但却不幸被她言中。没多久，股市跳水，金融危机，所有的钱套在股市里，看着大盘绿森森的一片，他心惊肉跳。他很快像一个败下阵来的士兵，垂头丧气，瞬间对生活失掉了所有的信心。

下班回家，妻子虽然还像往常那样，做他爱吃的菜，摆在餐桌上，换洗的衣服还是洗得干干净净，熨得平平整整挂在衣橱里，人前她有说有笑，人后，却拒绝和他说话。

那天，男人找了一个机会对女人说："饥荒是我拉下的，我自己还，不会连累你，如果你不放心，我们可以离婚。"他是狠下心才说这句话的，谁让自己当初不听她的劝阻，搬起石头砸自己的脚呢。

女人白了她一眼说："你真无聊，不像个男人。"说完独自去卧室里睡下。他一宿也没有想明白女人的话，她是同意离还是不同意离呢？

一直到第二天，这个问题还在纠缠他。

和女孩一起上街办事，有车从身边飞驰而过，女孩狠狠地拽了他一把，他才如梦初醒，感激地看了女孩一眼，结结巴巴地说："我请你喝杯咖啡吧？"

两个人去了就近的咖啡馆，找了一个临窗的位子坐下来，男人喝了一杯咖啡后哽咽地说："这些日子以来，我尝尽了人情冷暖，亲戚朋友为了怕我借钱都避而不见，妻子因为我不听她的劝阻，居然对我置之不理，男人不能落魄，一旦落魄了就没有尊严可言。"

他似乎找到了一个发泄的出口，他对女孩滔滔不绝："这些日子以来，唯有你对我最好，让我在寒冷的季节感受到一股温情暖爱，说实话，在天台上，有好几次我都想，只要往前迈一步，只要一步，所有问题都解决了，什么绝望啊白眼失败啊，都见鬼去吧！可是每次你都能及时赶到。"

说到动情处，他一把抓住女孩的手："如果我将来发达了，东山再起，一定不会忘记你的好。"

女孩忽然扑哧一声乐出来："这就对了，没有过不去的坎，没有过不去的火焰山，别再胡思乱想了。你要感激和报答的人也不是我，我对你的好也

是受人之托。”

男人没有喝酒，却忽然酒醒，他疑惑地看着女孩，女孩点点头，说：“是的，是你妻子，她怕你想不开，有意外，所以托我在上班时间照顾你，守护你。”

男人垂下头，十指插进浓密的发根，半天无语。

谁说冰点的感情不会燃烧？不会沸腾？那是因为你看不到冰点之下的关心和爱。

路过青春路过你

班里最矫情的人，可能就是方樱桃了。

方樱桃在学农基地的后厨帮忙，袖子挽得高高的，扎着围裙，一边哼着歌，一边忙得不亦乐乎。氤氲的湿气中，她看见班里那个骄傲冷漠又让人心动的男生高一凡，他不知什么时候挺拔地站在窗口，像一株沐浴在春风里的树，她立刻紧张起来，手不听话地开始发抖，拿不住盛饭的小木板，她低下头佯装盛饭，不敢看他的眼睛，他的眼睛亮晶晶的，像原野上的那些灿烂的小花朵上的露珠，闪耀着晶莹剔透的光芒，让人不忍心惊醒他美丽的梦。

女孩子的内心世界总是七彩斑斓的，方樱桃也不例外，她胡思乱想着，忽然听到他说，大婶，我要西兰花。方樱桃的思维瞬间短路，她怀疑自己听错了，指着自己的鼻子，不可置信地问，你叫我什么？大婶吗？叫我大婶？真亏你想得出！

高一凡推了推鼻梁上的眼镜，定神往里面细瞅，扎着围裙在湿气中晃动的人，居然是班里吨位级的女孩方樱桃。他吓了一跳，叫人家大婶，这不是找抽型的吗？自知闯了大祸，不知道该如何收场，他嗫嚅着，想说句道歉的话，可是就是张不开口，他急得额头上渗出了细密的小汗珠，说，那个谁，那个谁……

连续说了两句那个谁，尽管他有些内向和孤僻，可是也不至于结巴起来，硬是没有一句完整的下文，没等他把话说完，方樱桃早丢掉手里盛饭的家伙，一溜烟冲出门去，不管不顾地往大街上跑，谁知祸不单行，还没等跑出大门口，脚下一歪，脚脖子崴了，她疼得龇牙咧嘴，一屁股坐到地上，隐忍了半天眼泪和委屈，终于缓缓地流了下来。

奇耻大辱啊！一样的青春，一样的花季，梦里都是一样的清风朗月，居然被人称为大婶，太伤自尊了，是可忍，孰不可忍。

方樱桃的眼泪流成了一条汩汩流淌的小河。

高一凡还记得方樱桃第一天转学来班里时雷人的自我介绍：我叫方樱

桃，不好意思，名字是父母给的，他们也没想到日后的我会长成大象级的小樱桃，长相虽然有点对不起同学，但体重还说得过去，还不到85公斤啊！她故意把公斤的尾音拖得很长，班里的同学哗的一声哄笑起来，拿自己的短处开涮，只怕也只有方樱桃这样没心没肺的女生才能做得出。

想到方樱桃的那些糗事，高一凡忍不住想乐，但还是硬生生地憋了回去。方樱桃的脚崴了，已经两天没有来上学了，据说脚脖子肿得像大萝卜似的，又红又粗，这件事的第一责任人就是他。所以，这两天他一直忐忑不安，上课也没心思听，眼睛深陷，人瘦了一圈，老师让他去给方樱桃道歉，他犹豫着不想去，那丫头，牙尖嘴利的，逮着他，谁知道会有什么疯狂的举动？

高一凡的心里一直有两个小人儿打架，一个说，去吧，谁让自己不小心，一时眼拙口误，把一个小女生瞬间升级为大婶，谁叫自己在人家脆弱的心灵上撒盐？一个说，不能去，不就是叫了她一声大婶吗？有什么了不起？又不是死罪，至于这样不依不饶吗？

那几天，高一凡的内心里一直在左冲右突，他是单亲家庭长大的孩子，性格孤僻冷漠，在班里，总是独来独往，不与任何人相交过密，其实他是不知道怎样跟人打交道，所以他把道歉这件事看得至关重大。

内心里冲突的结果，高一凡决定去给方樱桃道歉，不就是道歉吗？有什么了不起？

放学后，高一凡用积攒了小半年的零用钱，去超市买了几样估计一般小女生都会喜欢的东西，又拉上班里的一个同学壮胆，一起去慰问方樱桃受伤的心灵。

他的内心里其实很忐忑，不知道方樱桃会不会接受他的道歉，如果她不接受，那该怎么办呢？他紧张得手心里潮湿，鼻尖上冒汗，如临大敌。

方樱桃拿了一本书，闲闲地坐在紫藤架下看蚂蚁打架，看蜗牛爬树，脸上的表情原本像五月的红樱桃一样鲜艳和水润，一转头，看见高一凡拘谨地站在身后，脸上的表情瞬间便降至零度以下，冷冷地问他，你来干什么？高一凡笨嘴笨舌地回，老师让我来看看你！不说这句还好，一说这句，方樱桃气得脸都白了，你以为你成绩好就了不起啊？你以为你长得帅就了不起啊，老师如果不叫你来，你就不来了，是吧？大婶在家里过得挺快乐，你回去吧！

高一凡的脸，红了绿，绿了白，最后硬邦邦地甩出一句话，反正我来是给你道歉的，你接不接受是你的事，与我无关。

你这是什么态度，一点诚意都没有。方樱桃也急了，脸上露出不屑的神情。

高一凡也生气了，气嘟嘟地说，像你这样的智商，根本就看不出我的诚意！

刚刚把人家升级为大婶，现在又转着弯说人家智商低，方樱桃自然能听出弦外之音，脸涨得通红，说，诚意不是说出来的，要落实到实际行动中，这样吧！我不能去上学的这段时间，你每天来帮我补习，一直到我的脚好了为止。补充说明，在你帮我补习的这段时间，我的成绩如果下降了，仍然说明你的道歉没有诚意，你能做到吗？

高一凡低着头，用脚在地上画着圈，划到第九个时，终于点了点头。

没来之前，高一凡以为这件事情不知会严重到什么程度，方樱桃会不会又哭又骂，把他推出门外，像小街上那吵架的女人一样让人难堪？想不到，她只要求他帮她补习，这么容易就把事情解决了，他如释重负地松了一口气，脸上绽开一个晴朗的笑容。

其实叫一声大婶，真的没有想象的那么可怕，可是在青春的辞海里，眼神那么纯净，心地那么柔软，每一个少年的心都是云朵上开花，轻轻地飘着，每一个日子都透着光亮和诗意。方樱桃自卑，因为胖，因为成绩在班里只是中等，所以拿自我调侃武装自己，那都是假象，一句大婶就轻易地把她击败了。

她忧伤的样子，她流泪的样子，让人心生柔软，那么茫然，那么难过，仿佛一只流浪的小猫，找不到心灵上的归依。

青春里的那些小破事，回头看时，其实只是一粒粒小小的芝麻，可是在那些织锦的青春岁月里，那些小芝麻被无限放大成西瓜，为之忧，为之喜，为之痴，为之嗔，为之快乐，为之烦恼，也正是因为这些杂陈的五味，筑起了青春成长的台阶，一步步，走向岁月的深处。

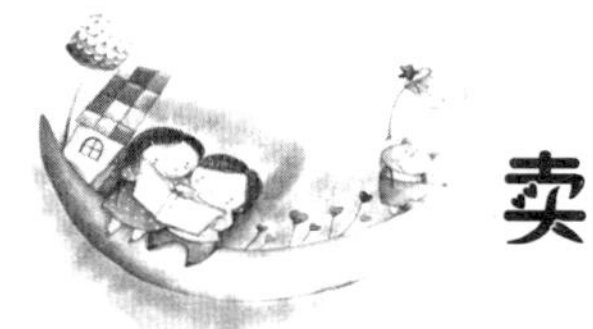

卖

洋子不卖东西，也不卖身，洋子卖力气。

洋子年轻，有一身使不完的力气，所以洋子决定去城里卖力气。

那年，洋子21岁，背上行囊，告别父母，离开家乡，去城里打工。从乡村到城里，是一条漫长的路，谁成想，从踏上城里的那一步开始，他的人生从此踏上了一条不能回头的路。

双十年华，是人生中最美好的时光，织锦的岁月，再苦的日子也像草叶尖上的露珠，闪着晶莹的光泽。洋子也是，洋子的心中有一个美好的理想，去城里打工，赚好多好多的钱，让娘过上几天好日子，然后盖上气派的楼房，再娶上一个漂亮媳妇。

洋子的理想，说不上伟大，但却很美好，有了美好的理想，所以洋子干活很卖力气。

白天洋子在建筑工地上干活，早上很早，晚上很晚，两头都追赶不上太阳，干一天的活儿，累得都快散架了，到了夜晚累得只剩下想睡觉的念头，但是洋子的心里有一个美好的理想，所以一点都不觉得累。

一天又一天，洋子卖了很多力气，可是赚到的钱，除了能解决温饱，离回乡盖楼房的理想很远很远，远到遥不可及。

洋子终于沉不住气了，他开始到处寻找能赚钱的机会，可是，他除了一身的力气，别无所长，到哪里能找到赚钱的机会呢？洋子着急，急得吃饭不香，喝水也不甜。

心急火燎的洋子，被一个老乡看出了心思，老乡说：“你不就是想赚钱吗？多大点事儿？机会有的是，就看你逮得住逮不住。眼下有一个现成的机会，一个大老板在集资，我们只要把身上的钱投进去入股，将来利润就会翻倍，投入得越多，将来的回报也就越大，这可是一本万利的好事啊！”

洋子听了有些心动，觉得那位老乡的话有道理，俗话说，舍不得孩子套不住狼。

说干就干，洋子可不是胆小的人，他不但把自己身上的钱投了进去，而且还打电话给母亲，洋子说，娘，你得帮我，你得把你攒的钱都给俺，俺要派大用场。母亲起初不肯，说那是她的棺材本，可是经不住洋子的劝说，洋子给娘描绘了一幅美好的蓝图，娘也动心了，最后还借了外债，一并给他汇来。

洋子以为这一次肯定能赚个钵满盆溢，兴奋得眼睛都红了，谁知钱给了人家还不到半年，那位所谓的老板因涉嫌非法集资被抓了进去，那些钱也被挥霍一空，一分都没有追回来。

洋子发财的梦想，就像一只鸡蛋，刚刚有了一点温度，还没有孵出小鸡，就鸡飞蛋打，他欲哭无泪。

日子变得更加不好过了，重体力的劳动，高强度的精神负担，让洋子几近崩溃。追债的人三天两头给他打电话，洋子终于失去了理智，跟着朋友去了郊区的一个地下赌场。

赌场里乌七八糟的，什么人都有，刚开始，洋子还埋怨朋友不该带他去那样一个乌七八糟的地方，可是后来，人一旦进入那种环境，仿佛有一股强大的引力，不由自主地把他吸附进去。

洋子觉得心慌气短，眼睛不够用，手不知道往哪儿放，在朋友那儿借了点本钱，不大一会儿工夫，就翻了数倍。

赢了钱的洋子，像一个上满了发条的玩具，兴奋异常，他用赢来的钱，买了新衣服，还买了一个二手手机，洋子觉得生活中忽然照进了一缕阳光，明媚了不少。

赚钱变成一件很容易的事，既然很容易，洋子就不再去工地上干活儿了，他的脑子里整天都在盘算，若是照这样下去，用不了多少日子，不但会把外债还上，而且在乡下盖一座楼房也不是很遥远的事儿，然后娶个漂亮的娘子，甜甜美美地过日子，岂不是美事一桩？

谁知洋子的好运气只维持了几天就开始暴跌，就像股市一样，通盘变绿，不但他赢回来的那些钱输了进去，而且又借了新的外债。洋子急了，像任何一个输红了眼的赌徒一样，不但想翻本，还想赢钱，想要收手，已不大可能，结果只能是越陷越深。

洋子晚上做梦，梦到自己掉到了泥潭里，越挣扎越深，怎么都爬不出来。醒来，洋子出了一脑门的汗，用手摸一把，冰凉。

洋子开始了东躲西藏地过日子，被人追债的滋味不好受，洋子尝试了像老鼠一样躲起来，可是那些人总是有办法找到他，声言若再不还钱，就剁掉

他的一只手。洋子害怕了，没有手，这辈子也许真的就完了。

满大街转悠的时候，在医院附近，洋子遇上了一个倒卖身体器官的人，那个人鬼鬼祟祟地对洋子说，只要他肯卖掉一只肾，他所有的麻烦和烦恼都会解决掉。

洋子动了心思，那人说，每个人都有两只肾，卖掉一只无所谓，反正有一只干活就行了，那一只闲着也是闲着，卖掉了还可以换点钱。

洋子咬了咬牙，决定卖。卖一只。

那天，洋子被一个人七拐八绕地领到一家地下医院，以几万块钱的价格，把肾卖掉了。

卖掉了肾的洋子，果然轻松了不少，他的债务没有了，不用再东躲西藏地过日子，可是，洋子就是觉得不得劲，以前卖力气的时候，身体里总会长出新的力气，现在他的肾卖掉了，身体里再也没有长出新的肾。

洋子越来越爱做梦了，一闭上眼睛就梦见自己和自己打架，后来洋子就病了，那个地下医院设备简陋，洋子手术后得了并发症，洋子躺在床上，胸闷气短，度日如年，洋子就想，端端的，我干吗要把肾卖了呢？这不是自找不痛快吗？

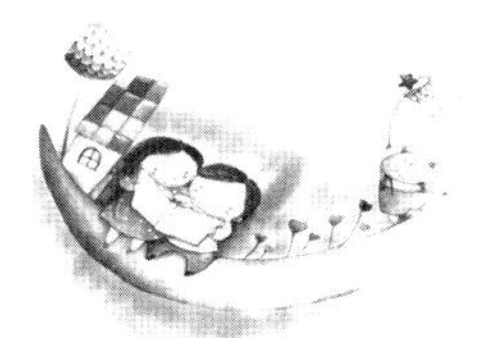

迷失的蝴蝶

上大学那年，他 18 岁，从小城一隅的苍凉之地，一步跨入繁华的大都市，眼前豁然开朗。藏书巨丰的图书馆，时尚典雅的咖啡馆，纵横交错的立交桥，高楼林立的城市风尚，到处充斥着现代文明。他有些措手不及，张着一双孩童般的眼睛，看着这个陌生的世界。原来生活是这么鲜活明亮，这么纷繁多彩，这么美好！原来生活还可以有另外一种过法。

一直埋首书本的他，像一个刚刚睡醒的人，低下头看看自己，身上穿着服装市场小摊位上淘来的衣服，脚上穿着来路不明没有牌子的旅游鞋，一口浓郁的乡音与这个城市一点都不搭调，甚至是格格不入。再看看那些同学，穿着专卖店里的名牌衣服，手里握着手机，耳朵里塞着麦，谈笑风生，神采飞扬。

他下意识地缩了缩手脚，心底慢慢滋生出一丝卑怯，原来人和人是如此地不同。

为了缩小心理上的落差，他开始找寻各种各样的借口跟父亲要钱，刚开始，他开不了口，总是吞吞吐吐，父亲急了，骂他："臭小子，有什么事快说啊！想急死我啊?"他狠了狠心说："爸，我的鞋子坏了，想买一双新的。"说完这句，他如释重负，长长地舒了一口气。父亲说："傻小子，就这事儿啊？早说不就完了，爸有钱，别省着，好好念书，身体健康就万事大吉了。"

父亲的要求很简单，好好念书，做一个好人，身体健康，天天向上。如果是以前，他不会觉得父亲的话有什么错，可是现在，他生活在大都市里，看问题的眼光已经不在原来的高度，他在尽可能地逼迫自己靠近大城市的现代文明，贴近时尚的都市生活。

他拿着父亲打进卡里的 200 块钱，买了一双品牌旅游鞋，把脚上的鞋子脱下来扔进路边的垃圾桶里，做这些事情的时候，他眉头都没有皱一下，旧的不去，新的不来。钱不多，只勉强够买一双新鞋，但这毕竟只是改变自己的开始。

同学当中，他是最勤奋的，不是学习，而是打工，做家教，送报纸什么，

他兼了好几份职，可是那点收入，对于他期望的生活还是远远不够的。无奈，他只好一次次地张嘴向父亲求助："爸，我的钱花光了，这一次多给点吧！我闹亏空呢。""爸，我买了一台笔记本电脑，同学们都有，就我没有，所以咬咬牙也买了，你得支援我点。""爸，我恋爱了，从下个月开始，你得给我增加一项恋爱经费。"

如此种种，花样繁多，从刚开始的羞于开口到后来像吃早点一样，成了家常便饭。好在父亲从来没有为难过他，什么时候请求支援，什么时候援助就到。

后来，他喜欢上一个女孩子，校花级别的女孩身边总会有一群追求者，他只是属于远远地看着的那种，为了追求女孩，他去派广告，做短工，可是那点收入，根本不够装点一个女孩子膨胀的虚荣心，他只好扯谎跟父亲要钱。

那年寒假快到的时候，父亲的弟弟，也就是他的二叔给他打电话："臭小子，你能不能不这样没完没了地跟你爸要钱？你就是个败家子，你就是个无底洞，你就是个不长良心的小兔崽子。"他被骂得晕了，没好气地对着电话吼："我花我爸的钱，你心疼什么？又没跟你要。"

二叔也急了："我不能看着我的亲哥哥，为了一个不相干的人，搭上半生的幸福，最后再把老命都搭上。"他懵了："谁是不相干的人？我是他亲儿子。"二叔说："得了吧你！你是我哥在火车上捡的，因为你，他半辈子连个媳妇都没讨到。你断送了他的幸福不说，还像索命似的天天追着他要钱。为了挣钱，他去石灰场打工，结果得了很严重的肺病，现在气都喘不匀溜，一口一口的，你的那些狗屁不通的时尚生活就那么重要吗？天天追着他要钱，比讨债的还凶……"

他无言以对，轻轻地放下电话，慢慢萎坐在地上。

灯红酒绿的大都市，很容易让人迷失自己。他像一只蝴蝶，飞过一片美丽的花丛，美丽的花朵、醉人的花香让他迷失了方向，他折翼在物质堆砌的时尚生活里。想起父亲，不到50岁的人，佝偻得像一个小老头，因为他，不停地从一处奔波到另外一处，不停地对他说，儿子，爸有的是钱，不给你花给谁花？

想到父亲，他的心里一阵一阵地发紧，父亲像银行里的自动提款机，他像一个没心没肺的人，无休止地从里面汲取养分和爱，终于把机器损坏了。

他从地上站起来，泪水在眼睛里打了个转，终于还是落了下来，他心里默默地念着一句话，有爱的人不会被物质打垮，他相信自己就是那个心中有爱的人。

艳　遇

那天，她正在给孩子们上课，突然觉得胃疼得厉害，她用手支撑着讲台，另一只手按住胃部，额上已经渗出了细密的汗珠。

另一个班的老师经过教室外面，看到她疼痛难忍的样子，忙说，我送你去医院吧！死撑什么啊？会出人命的。她摆了摆手说，我自己去吧！你一会儿还有课呢。

出了校门打的直奔“中心医院”，因为她的老公是这家医院的外科大夫。她在医院门前下了车，直奔他的诊室去了。

她和他结婚七年，都说三年之疼，七年之痒，不知道是不是真的，不过他们的感情一直很好，她怀疑是不是七年之痒的症状隐藏得太深，不易发现。

一进门她就看见老公正认真地捧着一位二十七八岁的姑娘的脚在按摩，姑娘的脚脖子崴了，他把那只脚捧在怀里，轻柔地一下、一下，看得她心里蹭的一下蹿起了小火苗。她皱着眉头，站在旁边心想，幸好没让同事来送她来，否则看到他的样子，还不成了学校里的新闻啊！

他抬起头见是她有些不悦地说，不上班，跑到这里干什么？她有些委屈，嘟着嘴说胃疼。他沉着脸说，胃疼跑来找我干什么？我又不是你的止痛药。她心里那个气啊，撅着嘴走了。她的本意只是想找他领着她去看看，没想到却碰了一鼻子灰。

隔了几天，他下班回到家，在厨房里和她一起做晚饭，还没等做好，手机就响了起来，是前几天脚扭伤了的那个姑娘，说是要请他吃饭。她打趣道，去吧、去吧！说不定是艳遇呢。

他回头看她，很奇怪的眼神，看得她发毛，半天，他才说，人家不过是为了感谢我而已。

她说，是了，连人家的臭脚都捧起来了，人家还能不感动？

这是我的工作，难道你想让我不工作啊？那咱们吃什么？穿什么？吃穿都没有了，还臭美什么？他有些恼怒。

她忍不住扑哧一声笑了出来，他知道没事了，就穿上衣服走了。

一连几天，他的晚饭都没有回家来吃，她才着了慌。昨天他说加班，今天他说是跟同事吃饭去了，明天他说跟同学聚会去了，等等，她压根就不信，可是又奈何不了他。

过了几天，他故伎重演，说不回家吃饭了，她想来想去，想不出更好的办法，于是决定跟踪他。想出这个主意的时候，她别过头，看着窗外，银杏树上的那些叶子都有些黄了，是快要落了吗？她心里有了隐隐的疼。

下了班之后，她匆匆赶到医院门口埋伏起来，过了大约有二十分钟的功夫，她看到他和那个姑娘肩并肩地从医院里走出来，有说有笑的。她脸色苍白，手抖得厉害，恨不能立刻跑过去跟他吵一架，可是又一寻思，小不忍则乱大谋。

眼瞅着他和那姑娘上了十六路车，她紧跑两步也没有追上。思前想后，忽然觉得悲从中来。回到家里，也没有吃晚饭，一个人孤独地坐在灯下，一直等到晚上 10 点多钟，他才拖着疲惫的身子回来了。她暗自揣摩，做了那事儿，不累才怪呢。

心里搁不住事儿，禁不住冷嘲热讽道，我都知道了，人家比我年轻，比我漂亮，我现在是黄脸婆了，哪会有人喜欢？我为你省吃俭用地操持家务，生儿育女，不老才怪了。她越说越觉得委屈，不禁流下了泪水。

他把衣服搭到椅背上，转过身来问，谁惹你了？工作不顺心？

她一脸不屑地说，别在这儿假惺惺地装模作样，如果你还记得今天是什么日子，我就原谅你。

他果然没有想起来，想了半天，又回头问她，什么日子？

她冷笑，你当然不会记得，今天是我们的结婚纪念日。

对不起，我忘记了。他一脸的歉疚，那姑娘有个朋友有病一直卧床，介绍我下班后去给她按摩，我想正好可以挣点外快，如果女儿考不上重点高中，正好可以作为女儿自费就读的学费，还可以给你买件你喜欢的衣服。

她听了，呆呆地立在那儿，半天说不出话来，心中忽明忽暗，忽喜忽忧，忍不住有些悲怆，这就是自己疑心的艳遇？

木棉花开

来的时候，这个城市的街道上，开满了木棉花，一树一树，没有叶子只有花儿，热闹而纷繁，染红了半边的天空。心中的凄惶，孤单，还有茫然，把一颗心拥挤得没有一丝缝隙，伴随着淡淡的乡愁。是那些美丽的木棉，让我忘记了心中的不快，忘记了食无粥、居无所的窘迫。

3 月，我几乎是以孤注一掷的姿态从北方的一座城市南下，没有久远的人生规划，也没有不切实际的妄想，只带着一颗不安分的心和对未来的无畏，就那样义无返顾地私奔而来。

令我意想不到的是，来了很久，都没有找到一份理想的工作。本以为凭着口袋里的文凭，年轻，无畏，很快会适应这座城市，像一滴水一样融入这座城市。然而，仍然是处处碰壁，东一头，西一头，像一个慌乱而任性的小孩子，口袋里只剩下几枚叮当作响的硬币时，我终于向自己妥协，去了一家生产玩具的工厂里暂且栖身，做销售工作，慢慢等待机会。

工作很辛苦，加上人生地不熟，天天在外面跑，成绩却并不理想。窘迫的处境，艰辛的生活，令我时常犯旧疾。念书时，口袋里没有多少钱，常常饥一顿饱一顿，落下了胃疼的毛病。

我不是一个坚强的人，几度，我都想当一个逃兵。如果不是遇到慧，我未必会在这座城市里坚持到今天。看过一篇文章，说爱上一个人，爱上一座城，我想我亦然。

有一天下午，从外面回来，忽然觉得胃部一阵一阵地痉挛，我用手抵住胃，知道自己又犯了老毛病，额上有细密的汗珠渗出来，每次饿的时候，我都会出现这种症状，虚脱了一般。

办公室里的同事纷纷围拢过来，七嘴八舌地问我是不是病了，要不要去医院。我忙说没事儿，只是胃有点难受，吃点东西就好了。

一个叫慧的女孩，从一只精致的纸袋里拿出一个汉堡递给我，我没有客气，接过来狼吞虎咽地吃下去。

慧倒了一杯水给我，说，慢点吃。温软的粤式普通话，让我觉得仿佛是天籁之音。我迟疑了一下，但还是像猪八戒吃人参果，还没有吃出什么滋味，就已经下肚了。说实话，那是我吃过的最好吃的食物。

等我渐渐缓过来，才有心情打量那个女孩，长得细眉细眼，长发，不爱说话。每天上下班都提着一只精致的纸袋，上面多数都印有广告，我曾经跟她开玩笑，是不是替商家免费宣传？她瞪我一眼说，我才没有那么无聊。

后来又有几次胃疼，每次慧都会像变戏法似的，从小小的纸袋中拿出食物，有时候会是几块饼干，有时候也会是两个包子，每次都会非常及时地递上来，时间久了，我对他那方小小的纸袋产生了依赖，自己不备食物，饿的时候就去她的纸袋里找，她总是宽容地看着我笑。

开到四月花事了，木棉花到四月的时候，几乎全谢了，不知不觉中，来这座城已经两个多月了。星期天去街上买东西，看到满地厚厚的木棉花，不由呆住，觉得窒息。忽然看见慧蹲在一株木棉树下，把木棉花一朵一朵装进一个塑料袋中。我笑，学黛玉葬花啊？

她摇了摇头，说，吃。我大惊。她笑。煲烫或者腌制，吃过吗？我摇了摇头，她说，明天带给你吃。

心中多了期许，想着木棉花食起来不知会是什么滋味，日子好像也没有那么苦了。

第二天从外面回来，并没有如我期许的那样，我没有看到慧，而且从此再也没有看到慧，更没有吃过她做的木棉花。

她的纸袋放在办公桌上，我奔过去，伸手向纸袋里掏，掏了半天，什么也没有，那一刻我又失望又不甘，索性把纸袋倒过来，从里面飘飘悠悠地掉出一张小纸条，上面只写了三个字：喜欢你。我呆住，这丫头喜欢我，却从来没有跟我说起过。

急忙问同事，谁看到慧了？坐在慧办公桌对面的沈姐姐说，她昨天辞职回乡下老家了，她的母亲得了重病，需要人照顾。

我抱着那只纸袋，心里很难受。原来我对慧一无所知，不知道她住在哪里，也不知道她的家世背景，她自己也从来没有说过。我只是过分关注她的纸袋，那里面有我需要的食物。

沈姐姐说，傻小子还没吃够啊，你吃的可是人家慧的午餐。我不知道说什么好，千言万语，噎在喉中，我真傻，傻到不知道她在喜欢我。

就那样与一个女孩擦肩而过。我曾经到处找她，去过她留在公司里的地址，她早已不在，打听人，人说，她陪母亲去外地看病了。也曾打过她留下

电话号码，拨过去，竟然是空号。

几年之后，工作和事业都有了很好的发展，无论什么样的山珍海味，大小宴席，都没有那只纸袋里的汉堡让我记忆深刻。看到漂亮精致的纸袋我也会珍藏起来，像一种癖好，其实我知道，我只是不舍纸袋里的一份爱情和真心。

也一直没有再离开这座城，因为心中存了一个傻念头，觉得只有在这里，似乎才会离慧近一些，感受着她的存在，她的温暖，她的爱。爱上一个人，爱上一座城。只是，每年三月到四月，木棉花开的季节，我会那么的，想念一个人，以至于，思念成灾。

苜蓿开花

他破产了。

几乎一夜之间失掉了所有东西，香车豪宅，漂亮女友，前呼后拥的派头，甚至朋友。

告贷无门，清水煮菜的日子都不能长久。他的心中隐隐地生出一丝恨意，如果不是自己过于相信朋友，怎么会落到如此地步？

那天，肚子又唱空城计，他不管不顾地钻进街边一家小吃店，想吃饱了喝足了，找个借口脚底下抹油。

小店不大，但很干净。他一进店，目光便落在窗台上一盆小小的三叶草上，那些绿绿的三叶草，开满淡粉的小花儿，生趣盎然。

他一边喝着面条，一边看着那盆草。喝完面条，故伎重演，把衣服所有的口袋翻了一遍，然后慌乱地对小服务员说：我的钱包被人偷了，没钱结账，我回家去拿。

小服务员不屑地说：你这样的我看多了，骗吃骗喝，回家去拿？谁信啊？谁知你走了还能不能再回来啊？趁他不备，小服务员一把抱住他的胳膊，对着内厨高喊：老板娘，逮着一个骗吃骗喝的小子，快来啊！

小服务员疯了一样，死死地抱住他的胳膊，他挣脱不开。一会儿工夫，从后厨走出来一个年轻的女子，对小服务员轻轻地吆喝：小翠，放手，客人怎么会赖你那几个小钱？

他的脸一下子红了，他认得这个老板娘，是他以前的女朋友。

那时候，他还年轻，喝醉了酒，说女子都贪慕虚荣。朋友起哄，问他：你女朋友也是吗？他持酒胡说：当然，如果我没有钱，这么漂亮的女子，又有文化，怎么会看上我？

没想到，这句话深深地刺伤了她，从此别过，再没有交集。想不到今天会落到了她的手上，他盯着窗台上那盆三叶草，抱着视死如归的心情，等着她羞辱自己。

的电话号码，拨过去，竟然是空号。

几年之后，工作和事业都有了很好的发展，无论什么样的山珍海味，大小宴席，都没有那只纸袋里的汉堡让我记忆深刻。看到漂亮精致的纸袋我也会珍藏起来，像一种癖好，其实我知道，我只是不舍纸袋里的一份爱情和真心。

也一直没有再离开这座城，因为心中存了一个傻念头，觉得只有在这里，似乎才会离慧近一些，感受着她的存在，她的温暖，她的爱。爱上一个人，爱上一座城。只是，每年三月到四月，木棉花开的季节，我会那么的，想念一个人，以至于，思念成灾。

苜蓿开花

他破产了。

几乎一夜之间失掉了所有东西，香车豪宅，漂亮女友，前呼后拥的派头，甚至朋友。

告贷无门，清水煮菜的日子都不能长久。他的心中隐隐地生出一丝恨意，如果不是自己过于相信朋友，怎么会落到如此地步？

那天，肚子又唱空城计，他不管不顾地钻进街边一家小吃店，想吃饱了喝足了，找个借口脚底下抹油。

小店不大，但很干净。他一进店，目光便落在窗台上一盆小小的三叶草上，那些绿绿的三叶草，开满淡粉的小花儿，生趣盎然。

他一边喝着面条，一边看着那盆草。喝完面条，故伎重演，把衣服所有的口袋翻了一遍，然后慌乱地对小服务员说：我的钱包被人偷了，没钱结账，我回家去拿。

小服务员不屑地说：你这样的我看多了，骗吃骗喝，回家去拿？谁信啊？谁知你走了还能不能再回来啊？趁他不备，小服务员一把抱住他的胳膊，对着内厨高喊：老板娘，逮着一个骗吃骗喝的小子，快来啊！

小服务员疯了一样，死死地抱住他的胳膊，他挣脱不开。一会儿工夫，从后厨走出来一个年轻的女子，对小服务员轻轻地吆喝：小翠，放手，客人怎么会赖你那几个小钱？

他的脸一下子红了，他认得这个老板娘，是他以前的女朋友。

那时候，他还年轻，喝醉了酒，说女子都贪慕虚荣。朋友起哄，问他：你女朋友也是吗？他持酒胡说：当然，如果我没有钱，这么漂亮的女子，又有文化，怎么会看上我？

没想到，这句话深深地刺伤了她，从此别过，再没有交集。想不到今天会落到了她的手上，他盯着窗台上那盆三叶草，抱着视死如归的心情，等着她羞辱自己。

谁知她只是浅浅地笑，问他：喜欢那盆三叶草吗？我送给你吧！

他不知道她为什么要送花儿给自己，看着她忙忙碌碌，她找了一个塑料袋，把那盆开花的草装进去，然后递给他。

走出店门，他长长地松了一口气。回到地下室里才发现，塑料袋里有一张纸条，卷着2000块钱，上面匆匆草就一行小字：看样子你过得不是很如意，千万别干傻事儿，这点钱够你维持一阵子，或者买张回家的车票。这盆会开花的草叫三叶草，也叫苜蓿，会带给你好运！

看着那张纸条，他的眼睛里渐渐积满泪水，如果不是这盆三叶草，也许他真的会做点什么，穷困潦倒的人，做出点什么事情都不意外，比如伺机下手晚间下班的单身女人，她们的包里总会有他需要的。比如谁家的屋子里没有人，他顺手牵只羊什么。他不是没有想过，但还没有做过。如果那样的话，他的人生也许会纳入另外一个轨道。

真的要感谢这盆小小的三叶草，感谢这个曾被自己羞辱过的旧日女友，令他改变了主意。

他盯着那盆三叶草发呆，三叶草也叫苜蓿，听说会开花的。

能不能再为你跳一支舞

遇到他的那年，正是她最落魄的时候，母亲生病住在医院里，需要很多钱，可是她什么都没有，除了一张漂亮的脸蛋，再就会跳舞，除此，别无所长。有人劝她，嫁个有钱人，不就什么都有了？不然白长了一张漂亮脸蛋，浪费资源。

她置若罔闻，在歌厅里找了一份给人伴舞的差事，每天晚上像那些歌手一样赶场子，多跳一场，多赚一份钱，很辛苦，等攒够了给母亲做手术的钱，就不用像这样东奔西跑了。

伴舞作为一种陪衬其实是可有可无的，台上的灯光和台下的目光永远都是给歌手准备的，她习惯了像一棵小草一样，在舞台的边缘不受关注。

那段时间，台下的观众其实很少，唯有他，每晚必来，专心致志地盯着她看，大家都笑，说那个粉丝爱上她了，因为他有时会买了百合、郁金香之类，孤单的一朵，送给她。

可惜她并没有心情和时间浪费在这种小情小调上，有时候会把花插到同伴的衣襟或口袋里，有时候会直接把花丢在垃圾桶里，夜夜来这种欢娱场所闲泡的人，想来也不会是什么正经人。

每晚跳完最后一场，赶末班地铁回家的时候，总能在车上与他不期而遇，他淡淡地笑，说："你跳得很好！"她点点头，并不回言，冷漠地看着车窗外一闪而过的夜色，漠然地想着心事。有一次，因为困倦至极，竟然在午夜的电车上睡着了，头歪在他的肩膀上，睡得很沉很安逸，到站后他叫醒她，她揉着惺忪睡眼，忘记了身在何处，转回头看他，他笑了，笑容温暖而美好。

他陪她下车，试探地问："我送送你吧？你一个人回家，我不放心！"她失笑，心想：这个人当真是迂腐至极，你不放心我，难道我就放心你了吗？她摇了摇头，道谢！然后一个人往家里跑，跑着跑着，站住，然后回身往后看，一个模糊的轮廓，依旧站在那里，向着她离去的方向，心中有一种暖，像烟尘一样，慢慢滋生，把心中填充得满满的。

后来听人说，其实他跟她并不同路，每晚陪她坐地铁回家，然后再原路返回，去歌厅门口拿停放在那里的车。她是单亲家庭长大的孩子，身上的铠甲坚硬无比，但在这一刻里，竟然渐渐软化。

她开始试着接受他，他送她的花，她不再丢掉或送人，而是拿回家里制成干花标本。他带她去吃消夜，她也去了，两个人在夜摊前吃面条，吃得稀里呼噜，看着彼此不雅的吃相，两个人都忍俊不禁。他捉住她的手问："带我去看看你的母亲吧？等她老人家病好了，我们就结婚！"她羞红了脸，使劲抽出自己的手说："你不嫌弃我没有正式的工作？"他也笑了，说："我就喜欢看你跳舞，怎么看都不够。"

三个月之后，他便不再来看她跳舞，也不再送她回家，有人说他结婚了，在街上看到他跟太太手牵着手。她的心疼痛起来，一直疼得流出了眼泪，这样的娱乐场所认识的男人，自己居然傻到相信他，自己再好，人家也不过是拿自己解闷而已。

闲暇的时候，她还是常常想起他，想起他温暖淳厚的笑容，想起他夜色中模糊挺拔的轮廓。她把那些制成标本的干花拿出来，用剪子剪成细碎的粉末，然后洒到风中……

折腾了一段时间，渐渐把这个男人压到心底，轻易不会再把旧事翻出来。转年，母亲做了手术，病愈出院，家里又多了笑声和烟火的气味。

她还在那个歌厅伴舞，母亲说："我病好了，不再需要很多钱，不要再去跳了，赶紧找个好人家嫁了吧！"她笑嘻嘻地回言："我喜欢跳，从小学了那么多年，花了那么多钱，我要都赚回来，一直跳到跳不动了为止。"

其实，她的内心里还是隐隐地期望他能再来看她跳舞，她想问问他：他还是不是男人？他说过，等她的母亲病愈出院，他就来娶自己吗？难道这些都是假话吗？

可是他一次都没来，倒是在街上遇到旧时在一起伴舞的姐妹，她说："你换了手机号码？我到处找你都找不到，你幸好没有嫁给那个粉丝，他瞎了一双眼睛，你跟她在一起，怎么生活啊？有得你罪受。"

她怔住了，问她到底是怎么回事？她说："你不知道？还不是因为你？有一晚去送你回家，回来时，他不小心走进道边施工的工地，撞到一堆胡乱堆放的东西上，独独伤了眼睛……"

找到他，的确花费了很多的时间，是在一幢普通居民住宅小区的五楼，她轻轻地推开门，他站在门边，侧着耳朵问她："你找谁？"她把手伸出来，放在他的眼前晃了晃，他并无知觉，她的眼泪哗的一下就流了下来，他真的

什么都看不见了，她哽咽：“我能不能再为你跳一支舞?”

他呆住了，知道是她，只是他没有想到，还会再见到她，沉默了半天，他还是点了点头。

她把碟片放进DV机里，音乐响起，她第一次在舞台之外为唯一的一个观众跳舞，她专注、投入，舞姿灵动优美，她用舞蹈语言讲述了一个爱的故事。

她忘情在自己的舞蹈里，眼泪咸咸涩涩地流进嘴里。

朋友是用来麻烦的

两年前，因为操作失误，他苦心经营了好几年的小公司破产，一夜之间，他不仅成了一个一文不名的穷光蛋，而且还欠了一屁股的债，被人追得到处跑，他像一只老鼠一样，灰头土脸，恨不能有个洞钻进去。

家当然是不敢回的，思来想去，唯一的出路就是去省城的朋友那儿躲一躲，等过了风头再说。他和朋友是发小，从小一起长大，关系当然是没得说！小时候，两个人有一次去海边玩，朋友不小心掉进水里，还是他喊人把朋友救上来的，这种交情应该算深厚了吧！

可是下了火车，他又有些犹豫了，多年没见，朋友还是原来的朋友吗？记得朋友结婚的时候，他去参加婚礼，朋友娶了一个娇滴滴的女人，漂亮斯文，她会不会嫌弃自己呢？

如今，连过往的行人都是用鄙夷的目光看自己，可想而知落魄到什么地步，邋遢、贫穷，身体有恙……连那些亲戚都不愿意让自己暂避，怕追债的人六亲不认，受到连累，更何况朋友妻，又不是跟自己一起长大的发小，跟自己非亲非故，有什么理由去麻烦人家呢？

他一念至此，心中灰暗，把口袋里仅有的钱翻出来数了又数，在火车站找了一间最便宜的小旅馆住下。心中暗忖，暂且将就着，住几天算几天吧！

就在他心灰意冷的时候，想不到朋友找来了。

朋友一身的尘土和倦怠，有些生气地数落他："你真不够哥们，来省城也不找我，还得我到处找你，要不是你妈偷偷地给我打电话，我还不知道呢！"他低着头看着脚尖，小声嘟囔："我不是怕给你添麻烦吗？你看我现在，又脏，又穷，又臭，恐怕连狗都不如了。"

朋友在他的胸口上擂了一拳："你这个臭小子，还是改不了那倔脾气，朋友就是用来麻烦的，你不麻烦我麻烦谁？你不麻烦我，我才生气呢！"

那一刻，他千言万语噎在喉中，一句话都说不出来。只当全世界都抛弃了自己，却原来，还有一个人深深地记挂着自己，并没有因为落魄而嫌弃自

己。有这样的朋友，还能说什么呢？他只得乖乖地收拾行李跟着朋友去他家。

朋友妻依旧那么年轻，那么漂亮，她给他收拾了一间宽敞明亮的屋子，为他准备了可口的饭菜，还叮嘱他千万不要客气，当成自己家一样。他洗了澡，换了衣服，美美地睡了一觉。

之后，他调整好心态，在朋友的帮助下，到银行贷了款，抓住机遇，终于东山再起，不但还清了欠款，还有了安定的生活。

“朋友是用来麻烦的”，每次想起这句话，他心中便会温暖如春。

拼 爹

李小莲和冯大维结婚还不到一个月，两个人就恼了，按说蜜月还没有结束，正是如胶似漆的好时光，可是两个人为了一点芝麻小事，居然就那么吵翻了。

事情的起因很简单，都是些鸡毛蒜皮的小事，李小莲和冯大维想去S城参加一个朋友的婚礼，来来去去总共需要两天的时间。好友结婚，去参加一下婚礼，并不为过，更何况前脚他们结婚时，人家也来了，后脚人家结婚，若不去有些说不过去，但是问题的症结并不是出在去还不是去上。

让人意想不到的是，问题的症结出在一只叫“球球”的小狗身上，球球是李小莲养的一只宠物狗，乖巧，玲珑，通体雪白，非常可爱，李小莲对球球比对冯大维还亲。

两个人去S城参加婚礼，总不能带上球球一起去吧？旅途舟车劳顿不说，带上一只狗到另外一个城市去，像什么话？所以，关于球球的留守问题成了一个不大不小的难题，在商讨这个问题的过程中，两个人的意见相左，偏离了正常的设想，因而导致了一连串的后果。

按照李小莲的意思，离开的这两天，暂时把球球寄放在公公婆婆家里，也是冯大维的父母家里，这个提议遭到了冯大维强烈的反对，他的理由是，父母工作都忙，没有时间帮忙带小狗。

李小莲说，我妈妈最害怕小狗的毛毛，一看到狗毛就过敏，所以我不能刺激她，只好让你爸妈辛苦些，帮忙带两天球球。

冯大维说，我父母都不喜欢狗，我爸有洁癖，更何况他们的工作真的都很忙，你让他们帮你带狗狗，比登天还难，你还是趁早打消这个念头吧！

李小莲看冯大维态度坚决，不能通融，心中便有气，于是话语中便多了几分火药味，帮忙养两天狗狗都这么困难，将来若有了孩子，他们岂不是也要袖手旁观？

冯大维一听这话，脸上就挂不住了，说她，你这是什么话？狗是狗，孩子是孩子，能相提并论吗？再说，你父母都不能帮你带球球，我父母为什么一定要帮你带球球？

不说这话还好，一说这话，李小莲登时就翻了脸，她说，冯大维你还是不是人啊？你还有没有点风度啊？这会子你想起来攀比我的父母了？当初我们结婚买房子时，我的父母出了50万，你的父母只出了15万，那会子你怎么不攀比？当初我们买车，我的父母出了15万，你的父母只出了5万，那会子你怎么不攀比？这会子，为了一只小狗寄养谁家，你倒是攀比上了，你可真行。

当初，李小莲和冯大维结婚时，买房子的钱还有买车的钱都是双方老人赞助的，婚礼虽然不是特别的盛大、豪华，但是也花了不少的钱，他们两个人都是月光一族，口袋里一毛钱都没有，所以婚礼的用度基本上都是双方老人花销的。

冯大维见李小莲翻旧账，心下难堪，所以没有好气地回她，我爸妈出的钱，每一分都是干净的，都是他们的血汗钱，他们当了一辈子的老师，积蓄不多，所以他们已经算是尽力了，再要多拿一分也不能，说起来都是我这个当儿子的不孝，我结婚，却让他们发昏。

李小莲也翻脸了，她说，冯大维，你混蛋，你说这话是什么意思？你是说我爸妈给的钱不干净吗？我爸虽然当了一个小小的局长，可是我们家的钱也是干净的，那都是我妈做生意赚的辛苦钱。

冯大维冷笑说，没有你爸，你妈能赚到钱吗？你妈的那个小摊子我去过，别人家的都散伙了，你妈却生意兴隆，你妈可真有本事啊！

李小莲哭了，哭得很伤心，她边哭边说，冯大维，你这个不长良心的，你愿意怎么说就怎么说，反正我爸比你爸强，我爸比你爸有本事，这是不争的事实。

冯大维说，这才结婚几天？就拿娘家说事儿，就拿你爸来压我，以后还不知怎样骑在我的脖子上呢！

李小莲说，你怕了？怕了咱就离婚啊！谁也没拦着你。

冯大维说，离就离，谁怕谁？话都说到这分儿上了，不离才是缩头乌龟！

……

S城自然也没有去成，朋友的婚礼自然也没有参加，烟火弥漫的蜜月时光一结束，两个人就去办理了离婚手续，因为一只叫球球的狗，两个人从此

说分手，老死不相往来。

从街道办事处出来，冯大维仰头看天，天空蓝得没有一丝云彩，半晌他说，你以后再嫁，一定要看准了人家爹是干什么的，和别人拼爹的时候，也好棋逢对手。李小莲瞅了冯大维一眼说，不劳你瞎操心，你管好你自己比什么都强！

青　丝

天气越来越凉，我瑟缩着臂膀，裹挟在下班的人流中，在公司楼下，居然看到季楠，他到公司来接我，让我觉得很意外，他站在街边的梧桐树下，身材修长挺拔，气度不凡。我远远地看着，心中忽然涌上一个念头：只要我一松手，这个有一丝忧郁气质的男人便不再属于我。

神思游离之际，他走过来，轻轻地揽住我的腰，车水马龙的人流中，季楠有些伤感地说，你还是去吧，一年后回来，我们就结婚。

我点点头。尽管我无法把握这份爱情会不会一直在这里等我，也清醒地知道在离别面前爱情是何等的苍白无力，但在此刻，我还是因为他的这句话而感动。

过了元旦，我就动身去了那座有欧陆风情的城市，第一天去公司上班，在电梯间里遇到了财务总监童谣，他左手端着一盆不知名的绿色植物，右手则拿着货运单和文件夹，嘴里嚷嚷着“借光、借光”，侧身挤进了电梯。

我往旁边让了一下，躲闪不及，他文件夹的弹簧硬生生地把我盘头发用的一只玻璃发夹拽了下来。长发失去束缚，呼啦一下子散开来，一直垂到腰际，瀑布一般。

我转过头去，怒目而视，见是一个气质儒雅的男人，实在不好意思发火，蹲下身去，把打烂的发夹碎片，一片一片地拾起，握在掌心里。

后来才知道，他竟是我的顶头上司，直接领导。

熟了之后，他说，以后我会还你一只发夹的！

我和童谣都住在公司为我们安排的单身公寓里，毗邻而居。大多数时间我们都在外面吃饭，偶尔童谣也会在他的小厨房里一显身手，有时咸有时淡的，但每回他都来不及解下围裙，提着铲子就跑过来敲我的门，叫我一起品尝。

有天半夜，我发烧，挣扎着倚在床头，想给季楠打电话，拨了号码，禁不住又挂掉，即便告诉他，又能怎样？想来想去，还是给童谣打了电话。

没用三分钟的功夫，童谣跑过来，一句话没说，把我抱起来，然后下楼。我挣扎着要下来，怎奈他的手抱得紧紧的。他把我放到车里，然后开车带我去医院，挂号、排队、取药、输液，折腾到快天亮时，才回到寓所。

我清楚地感觉到一朵暧昧的花朵，开在我和童谣之间。我亦知道，我们都是寂寞的人，寂寞的人之间寂寞的游戏，是不可以认真的。

一年的期限快要到了，童谣说要回北京处理一些私人的事情，很快就会回来，临走之前，他告诉我，一定要等他回来再走。

童谣走了之后，日子一下子变得清冷无边，办公室里的小赵是一个年轻的帅哥，他神秘地对我说，听说童谣这次回北京，以后不再回来了，我半信半疑，忍不住问，为什么？他看看左右无人，说，听人说童谣的太太是个极厉害的角色。

我听了默然无语。下班后，在公司楼下的酒吧喝了一杯热巧克力，夜里回到寓所，忍不住打童谣的手机。接电话的是一个女人，她的声音听起来优雅而且质感，仿佛金属碰撞的声音。她轻轻地问我，你找哪一位？我一下子就慌了，稳定了一下情绪才说找童摇，而且莫名其妙地缀上句，工作上的事情……

间隔许久，童谣才过来接电话，他的声音说不上惊喜，甚至有些平淡无奇：是你啊！我把事情理完了就回去。然后就挂了电话。我抱着电话没有来得及说一句话，怔怔地听着电话里传来的忙音，足足有一分钟。

我很快答应了季楠的求婚。结婚之前去发廊剪短了头发，季楠说我留长发好看，但我还是执意剪去了那一头如瀑长发。他不知道，在心里，我是用这种方式和过去作一个诀别和了断。

结婚的事已经提到议事日程上，一切都在有条不紊地进行，然后接到童谣打来的电话，他在电话中语调欢快地说，我在你们这里的机场，快点来接我。

我无法说清自己心中是什么滋味。在空旷的机场大厅，一眼就看到这个儒雅的男人，还是从前那样闲适温暖的样子，坦然得就像昨天刚刚分开。

他从口袋里掏出一只蝴蝶形发夹，上面镶了三颗晶莹的水钻，美得耀眼。他说，上次打烂你的发夹，这个送给你。我伸手接过来，握在掌心里，那只通体碧绿的蝴蝶仿佛要振翅欲飞。

童谣像是忽然发现我没有了长发，他有些吃惊地问，你的长发呢？

我抬起头，下巴微微地扬起，对着他甜甜地笑，剪掉了，恭喜我吧，我要结婚了！

童谣看了我一眼，仿佛不认识似的，眼里的光一闪即逝，他轻轻地说，我，刚刚离婚了，第一个跑来告诉你。

我闭上眼睛，没有哭出声，但泪水还是无声无息地漫过睫毛，不可遏制地滴到了手中的蝴蝶发夹上。

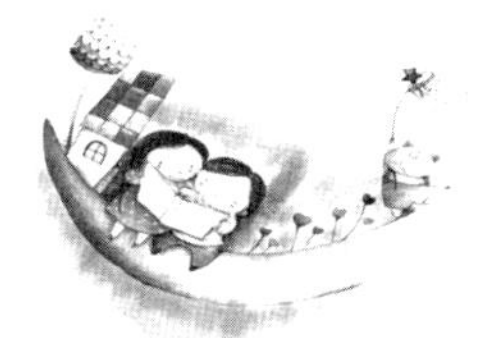

取 暖

从一个城市漂到另一个城市，都是因为他的一句话。当年，他曾经在校园旁边，那棵开满黄金急雨的树下，在那些细碎的花瓣中，亲口给她许诺，毕业后他要娶她。为了这个约定，为了这个誓言，毕业后，她义无反顾地去了六朝古都。

她几乎是怀着淡淡的喜悦和向往，以飞蛾扑火的姿势去投奔他的。

那天，下了火车之后，她四顾张望，满眼都是拥挤的人流，陌生的脸，陌生的城市，陌生的景物。她怯怯而且慌张地等待着那个许诺要给她一生的男人，可是左等右等，连个人影都没有看到，打他的手机，又不在服务区，沮丧一下了攫住她的心。

她想起了飞蛾扑火的故事，那一丝小小的光亮，成了温暖她全部的借口和理由，而他就是那一丝光亮，而她就是那一只小小的飞蛾。

她心烦意乱地猜测着种种可能，不知过了多久，就在她快绝望的时候，终于在离出站口不远的地方，看见一个大男孩，大约比她还要小几岁的样子，手里举着一个大大的纸牌，上面歪歪扭扭地写着几个大字：接北京来的田熙！

她飞奔而去，像看到了亲人一般喜极而泣，语无伦次地说，我是熙熙，我是熙熙，他呢？他去了哪里？他怎么没来接我？那个有些清瘦的男孩看到她，脸忽然红了，说大伟出差了，一周之后才能回来，他让我来接你，我是他的同事兼好友，并且是他的合租者。

她不客气地把行李递给他，回头问他，你叫什么？他说我叫李煜，她忽然就笑了，后主李煜？他指着自己的鼻子，傻傻地笑着摇头。

她觉得这个大男孩很可爱，看上去很单纯，她跟在他的身后，散漫地看着路边的风景，心忽然就踏实下来。

跟着李煜去了他们租来的小屋，那是一间很小的两居室，她住在大伟的

房间里，李煜住在另外一间房里。关上门，屋子里到处都是大伟的气息，床头柜上有大伟的照片，烟灰缸里有大伟没有吸完的烟，地板上摊着大伟的书……

大约是第三天，终于盼来大伟的电话，大伟说，熙熙，你安心住在这里，有不懂的或者需要帮忙就找李煜，我出差可能延期了，要半年才能回来。

放下电话，她呆怔在那里，看着手里的那本《菊花香》发呆，那些字在她的眼前跳舞，模糊成一片，心中茫然无依，灰灰的失落。如果要给爱情一个期限，那就半年吧，半年之后他不回来，就打道回府。

田熙和李煜，两个原本并没有关联，并不搭界的人，在一个屋檐下过起了合租的小日子，闲时李煜带她去逛夫子庙，给她做炸酱面，他是扬州人，最拿手的还是做扬州炒饭。李煜不大爱说话，更多的时候，两个人各自待在自己的屋子，都不出声，半夜或者凌晨，李煜会过来敲两下门。

田熙当然明白，李煜是想知道，她是不是还在正常呼吸，他担心她出事。那种时刻，田熙躺在被窝里，眼泪顺着眼角默默无声地流进枕头里，有时候实在睡不着，她会爬起来吸烟，看某处发呆。

转眼半年过去了，大伟仍然没有回来。有一日，在秦淮河边的灯影桨声里，她忽然见到了大伟，他手里牵着一个面容娇好的年轻女子。她以为自己会恨他，可是他们却像陌路一样擦肩而过，给几年的感情画上了一个句号。她奇怪自己的冷静，沉默，她以为自己再看到大伟，会生气，会发怒，甚至会把他撕碎，结果，什么都没发生，她什么都没做，淡淡的样子，让她自己都奇怪。

回到租屋里，她的脸色一定是很难看，因为李煜明显被吓着了，她指着他笑，笑很大声，你是他的同谋，哈哈。

她笑很大声，像喝醉了酒。夜里，开始发烧说胡话，并且不停地咳嗽，医生说她患了肺炎，需要静养。

李煜每天下班后去医院看她，给她削梨，给她讲故事，田熙默默地听着，听着，听着，她就哭了，病在异乡，居然是一个不熟悉的陌生人在给自己温情和照顾。

十里秦淮，繁华地，温柔乡，一切都与她无关，她蜷缩在南京雨花区的一个租屋里，苦苦地捱着时光，因为李煜，因为这个陌生的男孩，给了她温暖和关爱，让她渐渐捱过了那段心疼成伤的日子，她像一条冻僵的蛇，因为那一点点的暖，终于活泛过来。

离开的时候，仍然是李煜去送她的，他仍旧不大爱说话，只是微笑着看她，她也不说话，看着他微笑，他问，你笑什么？她说，我要把你的笑容装进心里带走。

田熙站在陌生的人流中，忽然觉得，有些人，相识很久却并不熟悉。有些人，偶然相识却情感相通。

人人都有一颗世俗之心

滚滚红尘之中，人人都有一颗世俗的心，谁都不例外。

那年，在一个朋友的婚礼上，他遇到她。

那时候，他单身，单身的男人都像钻石一样，只是他不是钻石王老五，他单身，是因为妻子跟一个有钱的男人私奔了，他从此看破红尘，虽然不曾斋戒入寺，但却从此变得玩世不恭，在情感中游戏，只暧昧不结婚；在商场中浪荡，只赚钱不讲良心。人情世故，在他心中，不屑一顾。

那时候的她，还是一个外语学院的学生，大三，人虽生得美丽不俗，但看穿戴打扮就知道是穷人家的孩子，朴素到有些寒酸，在那些讲究时尚、讲究品牌的社交圈子里，显得很扎眼，甚至有些格格不入。

她和他认识的所有的女朋友们都不一样，低眉，敛眼，却又不卑不亢。如若他惯常的那些女友是牡丹是芍药，那么她则是一枝秀竹，如若他惯常的那些女友是大鱼是大肉，那么她则是一味青菜。

她长相不俗，身材高挑，美丽的脸蛋，葱茏的岁月，却没有与之相配的华衣丽服，偏偏又在一堆T型台上走秀似的美女中间周旋，陪衬着别人的品味与高贵，像绿叶一样，可她自己，却又浑然不觉。

他看了她一眼，心中有一点酸的感觉，在心中翻腾了那么几下，再回首看她，偏偏她的目光也向这边看过来，两个人的目光相遇的瞬间，他的心忽然就那么动了一下，多年不曾有过的感觉，让他手心出汗，鼻尖发潮。

婚礼结束后，他跟新娘子要她的手机号码，新娘子笑，说她不用手机，若想见她，只有去学校找她。

难得有了感觉，他像一个浮浪少年一样，在学校门口堵她，去的次数多了，好多同学都认识了他，却始终没有遇到她。他觉得自己很好笑，什么样的女人没有见过？怎么偏偏就对这样一个还有些青涩的女孩动了心呢？

追她的过程，比想象的简单了很多，简单到他有些失望，她那么轻易地就接纳了他，一起去看院线电影，一起去街边吃小吃，有时候，他也会带她

去买几件好看的衣服，只要不贵，她都会接受。她总是雀跃地跟在他的身后，牵着他的衣襟，像一个怕走丢了的小姑娘。

物欲时代，有几个女人排斥好看的衣饰？唯有她，总是淡淡的样子，相守在一起的时候，除了看书，听音乐，偶尔也会去逛街，她从来不要贵的东西。有一次，他给她买了一条手链，是铂金的镶嵌饰品，不是很贵，几千块的样子，款式很好看，可是她，抵死拒绝。

他怏怏的，有些不快。

她牵着他的手说，赚钱不容易，别乱花。

他有些感动，感叹女人和女人真的不一样，自己哪辈子修来的福？居然找到这样一个不贪慕虚荣的女孩。

他正经地跟她谈起了恋爱，不再理会那些同他暧昧蹭吃蹭喝的女人，收心养性，把心思都放在她一个人身上。

日子就那么静静地流走，两个人一周见两次面，每天通电话，心思都用在彼此身上，让人觉得岁月静好，一直这么天荒地老地过下去，才不枉来人世走一遭。

可是有那么一天，她忽然就不见了，学校里没有，同学家没有，找不见她，他慌了，查了一下自己家里的东西，完好的，都在，信用卡，存单，首饰，收藏品，一样都不少，可是她去了哪里？

隔了几天，她给他打电话，他欣喜若狂，可是她却很疲惫很冷淡的样子，给了他一个卡号，说，我需要钱，别问我理由，你往卡里打20万块钱，我会还给你。

放下电话，他忽然就笑了。

女人，无论以何种姿态出现，清高的，抑或媚俗的，骨子里都一样，这才几天，就装不下去了。他冷笑，但还是给她的卡里打了20万，不就是钱吗，她好歹也跟了自己大半年，一个如花般的女孩就那样给了自己，20万，真的不贵。

钱给她打过去以后，她就很少再来电话，间隔很长时间打过来，每次都很疲惫的样子，问他好不好，说要隔一段时间才能回来，具体多长时间说不准。

每次他都很平静地听着，也不搭言。

过了大半年，20万也没有如她说的那样，还回来。过了一年，她的人也没有如她说的那样，回到他身边。不过，他也不太失望，因为他的心中早已没有了当初的惊喜和后来的奢望。

时间过了很久，他几乎都忘了她长什么模样，身边又有了新的女朋友，她却忽然回来了。

人瘦了，黑了，一身的衣服暗旧不堪，手里紧紧地握着一张卡，她说，这是你的钱，20万，一分不少。我回了东北老家，我母亲得了癌症，治疗了一年多，花光了所有的钱，不得已才跟你借。后来母亲去世了，我卖了家里的房子，可是还是不够20万，我又去打了两份工，终于凑够20万，还给你，谢谢你在我最困难的时候，帮了我。

他先是惊愕，后是汗颜，之后抓起她的手，把脸深深地埋进她的掌心里，他哭了，他恨自己，用一颗世俗之心去忖度一个那样爱自己的女孩。

人人都有一颗世俗之心，她不怪他，可是他却忽然觉得，自己的心怎么就缺失了那么一大块呢？

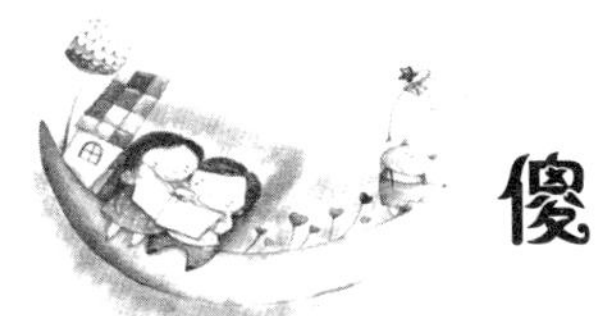

傻

公司里新来了一个女孩，高挑，白净，斯文。她坐在靠门边的位置上，旁边有一盆栀子花，花儿谢了，只留下碧绿的叶子。

工作的时候，他老是走神，呆呆地看着女孩的背影出神，女孩骄傲得像一只天鹅，走路目不斜视，一笑脸蛋上还有两个深深的酒窝，很可爱，听说公司里有很多勇敢的男士都被她拒绝过，自己凭什么喜欢她？

别人问他，你呆呆地看什么呢？他醒转过来，满脸通红，像无疑中被人捅漏了心事，张口结舌地说，我看花儿呢，栀子花。大家都笑，说他不老实，花儿有什么好看的呢？他红着脸，低下头。

有一天下班的时候，外面下起了雨，打在玻璃上，汇成了小溪。她没有带伞，站在大厅里，茫然地等着雨停，看见他从电梯里出来，主动说，你送我去坐公交车吧？他点了点头，有些意外，有些惊喜。

去坐公交车，只有 2 分钟的路程。

雨似乎越下越大，而伞整个倾斜在女孩那一边，女孩的身上没淋湿，可是他的衣服几乎湿透了。他却问女孩，你没有被淋湿吧？女孩掩住嘴笑，说，自己都成落汤鸡了，还问我呢？

后来女孩把这件事当成笑话讲给同事们听，大家都笑，说，真的有这样的呆子？

还有一次，是秋天，公司组织秋游，去郊外爬山。那天下山的途中，女孩不小心崴了脚，走路一瘸一拐的，疼得眼泪都流下来了，赖在地上不肯起来。他跑过去，自告奋勇，要求背她下山，女孩皱着眉头勉强同意了。

伏在他宽厚温暖的背上，大约忘记了疼痛，女孩调皮的性情又表露无遗，一边哼着歌，一边伸手去摘树上的叶子，由于重心不稳，本来就心慌意乱的他，脚下一滑，摔倒在地上。

那段路刚好是下坡，由于惯性的作用，他一下子跄出去老远。他爬起来，急忙抓住她的手，紧张地问，你有没有摔疼？有没有受伤？都是我不好，脚下一软就摔倒了。说到后来，他几乎是很小的声音在嘀咕。她先是吃惊地看着他，而后忍不住大笑起来，笑得抑制不住，笑得弯了腰。

她抓住他的手说，我在你的背上，有你这个海绵垫子，我怎么会受伤？怪不得别人都说你呆，果然不假，你看看你的手，都渗出血了。你看看你的裤子，摩破了一个大窟窿，倒在这里关心我有没有受伤，你怎么这么傻啊？

他低下头，挠了挠头，不好意思地笑了，吭哧了半天才说，我是有些傻。

回到办公室里，她把这件事情当成笑话讲给大家听，一个年龄较大的大姐用过来人的口吻对她说，傻丫头，知道他为什么那么傻吗？是因为那个傻小子喜欢你，所以才会变得这么傻，所以才会这么紧张，所以才会短路，别说大姐没提醒你啊。

女孩根本不相信，一个人怎么可能为另外一个人变傻呢？她恋爱，结婚，生子，与他无涉，没有交集，因为他不久之后就调到了另外一个城市的分公司。

有一次，她去那个城市参加一个同学的婚礼，婚礼结束后，她准备乘车往回赶，买了票，发现时间还早，于是想起他也在这个城市，于是她去了他的公司。

他们说他在开会，让她稍等，于是她就坐在走廊的长椅上等，那天刚好会议室的门是虚掩的，她从门缝看进去，刚好看到他在讲话，他逻辑清晰，思维缜密，口齿清脆，身上的青涩早褪尽，成熟男人的魅力，从一举手一投足之中透逸出来，她看得傻了，这就是那个当初背自己下山那个很傻的男人吗？

他果然不傻，真的不傻，倒是自己，像个傻子一样，根本不能体会和领悟他的心事。她坐在那里，光影照在她的脸上，她想起了好多事，当初，因为她坐在门边，所以他是办公室里最勤快的人，一趟一趟地去关门，怕她冷。因为她不爱吃正餐，所以，她办公室的抽屉里总是有巧克力，怕她胃寒。因为她总是喜欢穿高跟鞋，有一天她竟然发现桌子底下有一双绵软的布鞋，是他特地为她准备的。

原来真正傻的那个人是自己，白白错失了这样一个良人。

那天，她没有等到他开完会，她就一个人默默地去火车站，火车驶出很远，她仍然忍不住一次一次地回头，多年之后，她终于明白，自己把怎样一个人、怎样的一份感情丢失在这里。

少女小渔

在少女小渔的记忆中，所有关于母亲的印象，就是八岁那年，母亲患有白血病，躺在医院里的一张病床上，一张苍白痛苦扭曲的脸，不久母亲就静静地离她而去。

在最初失去母亲的日子里，父亲终日以泪洗面，小渔从来没有看到父亲那么难过，许多次他停下来，看一眼身边的小渔，轻轻地抚摸着她的头说，宝贝，你什么时候能长大?

后来很长一段时间，父亲总是告诉小渔，说母亲出差了，她信以为真。可是等了许久，都不见母亲回来，她终于明白母亲再也不会回来找她了，于是小渔坐在洗手间的镜子前，看见自己流出了两行清泪，追寻记忆里关于母亲的全部细节。

剩下小渔与父亲相依为命，父亲把他所有的爱都在无形当中给予小渔，让小渔感动。生活中琐碎的事情，总是父亲默默地为她打理好。

父亲对小渔几乎有些溺爱，她要求的事，父亲几乎都能做到。有时候她要求的事儿有些不合情理，父亲就会对小渔说，仅此一次，下不为例。渐渐地小渔就能彻底地理解和融会贯通父亲的下不为例政策。有时候，小渔的目的达不成的时候，只要搂着父亲的脖子撒娇，父亲专门为她制定的政策就会不攻自破。

小渔对父亲的依赖几乎有些痴迷，有时候，明明能自己做的事情，却非要父亲帮忙。

但从十二岁以后，父亲却再也没有给小渔洗澡。父亲说，你已经长大了，应该自己独立了。有时候，小渔洗着洗着就哭了，因为她洗不干净。当然，拉裙子后面的拉练，梳头发，这些小事依然还是由父亲帮忙。

有一段时间小渔甚至有些恨父亲，随着她的慢慢长大，小渔觉得父亲在有意地疏远她，他不再抚摸小渔的脸，也不再拍小渔的背，而是远远地看着。

有一次，是个下雨天，小渔在学校门口等父亲来接她，等了很久，同学

们都走光了，父亲才姗姗而来，小渔很生气，跟父亲要小性子，赌气不理他，父亲便慌乱地解释说，是路上塞车，所以晚了。小渔哭喊，你就不会早点出门啊？父亲无奈地说，我要上班啊！小渔索性不讲理到底，你不会请假啊？父亲的脸上露出了一丝苦笑。

其实小渔和父亲之间，还有一件不得不说的事。

小渔十四岁那年的秋天，邻居高大妈为父亲介绍了一个女人。那女人是一个北方人，长得高大、健硕，一看就知道是一个勤快能干的女人，父亲有些喜欢她，那一段时间，父亲的脸上逐渐地有了笑容，人也变得开朗了，走路做事都很有劲头似的。

小渔莫名其妙地开始生气，自己和自己过不去，用自虐的方式处罚自己，把自己关在小屋里，不吃那女人做的菜，她只吃父亲做的菜。偶尔看到父亲给那女人夹菜，小渔便摔了筷子扬长而去，全不顾及父亲的感受，那时候不知为什么，小渔嫉妒那个女人嫉妒得都快疯了，不是小渔见不得父亲快乐和幸福，小渔只是害怕父亲不要她了，担心父亲不再爱她了。

父亲碍于小渔，终于没能和那个女人走到一起，可是他因此很难过，情绪低落，常常一个人躲在走廊里吸烟。可是小渔却根本不懂得父亲的心，她心花怒放地搂着父亲的脖子说：以后有小渔照顾你，何必找那样一个来历不明的女人呢！父亲的脸上是惨淡的笑，小渔不知道自己说错了什么话，她一直以为自己会代替那个女人照顾父亲，用加倍的好回报父亲的关爱。现在想来，那是多么弱智的想法。

因为父亲和那个女人分手是因为小渔，所以，那一段时间小渔对父亲特别好，家里的事情抢着做，也不再故意刁难父亲。

上初中以后，过上了住校的生活，突然离开父亲，一个人单独在外面生活，小渔有些惶惶不安。她突然发现自己原来很自闭，害怕跟男生接触，特别是单独接触，所以班上的男生给小渔起了一个外号叫“老封建”。那时候班上有一个很帅气的男生有些喜欢小渔，他有阳光一般的笑脸，班上的许多女生都喜欢他，可是他却总是来找小渔，借故跟她单独待在一起，小渔很害怕，总是借故推辞。

上大学后，小渔恋爱了，有了一个阳光帅气的男朋友，生活为小渔打开了另外一扇窗户，人生忽然变得美好起来，两个人一起去图书馆，两个人一起在校边的樱花树下漫步，一起去吃便宜的快餐，心里却是温暖甜蜜的，见不到的时候，心底是焦灼与期盼，等到见到了，彼此凝望的瞬间，心中仍然是想念，想来这就是爱情吧！

那时，小渔想起了父亲，因为她，父亲一个人独身多年，当爹当娘，忍受着落寞与孤单，不过五十来岁，头发也白了，腰也弯了，活得一点生气都没有。

小渔难过自己的糊涂想法，自己不可能代替别的女人，永远留在父亲的身边，也不能给父亲想要的那种幸福和欢爱，小渔第一次站在父亲的角度去思考问题，可是时间已经过去了多年，她的青春年少，她的自私妄为给自己留下了无法弥补的遗憾。

失 忆

雨一直下个不停，仿佛是谁把天捅了个窟窿，一时半会儿根本没有要停的意思，山路崎岖，泥浆混合着雨水冲刷着道路，他开了雨刮器，睁大眼睛，拼命地盯着前方，不敢有一丝的懈怠。

坐在副驾驶位置上的女孩，有一张艳红的唇，似乎还沉浸在自己的情绪之中，自顾自地说着火辣辣的情话："你什么时候娶我啊？你还要人家等多久吗？你说话啊！晚上睡不着觉，脑子里都是一个人的影子……"

他的心战栗了一下，这样火辣辣的情话和这样娇媚幽怨的语调，别说他一个大男人，就连车上的汽油桶也会被引爆。他腾出一只手，把她的小手轻轻握住，安慰她："宝贝儿，别着急，给我一点时间，等我把事情都处理好……"

话还没有说完，一辆大卡车迎面开来，他措手不及，赶紧打方向盘，手忙脚乱的，撞到旁边的峭壁上。

一时间，天动地摇，不知身在何处……

他挣扎着摸到放在车门上的手机，下意识地拨了一个电话号码，断断续续地说："我出车祸了，在通往新开的旅游景区的山路上……"

这个电话无异于八级地震，把正在上班的她一下炸懵了，有几秒钟，她的大脑一片空白，然后抓起桌子上的手袋，飞奔往楼下跑。

到了楼下，招手叫了的士，赶到出事地点才发现，这个傻子只给她打了电话，并没有报警，因为这条线路刚开辟出来不久，所以并没有人发现他们出事了。

来不及多想，她打了110电话报警，又打了120急救电话，最后又打了保险公司的事故处理电话，一一处理妥当，才有工夫仔细看他，车体已经严重走形，他伏在方向盘上，已经昏迷，有血从头发里往外渗。他的旁边有一个女孩，面容惨白，双目紧闭，眼睫毛长长的，微微卷曲，五官精致美丽。

这是她第一次看到女孩，尽管半年前她就知道有这样一个女孩夹在他们中间，但亲眼见到，心里还有些不是滋味，生出五味杂陈的感觉。

那天，是她结婚几年来，过得最黑暗的一天，理智与情感左冲右突，纠缠不休。从感情上来讲，她恨这个女孩，他们好端端的感情，被她硬生生地插上一脚，弄得半死不活，但从理智上来讲，她必须要救她，否则一辈子都会良心不安。

看着他们俩都进了急救室，然后她给女孩的父母打电话，联络方式是从她的手机里找到的。

女孩的父母急三火四地赶来，一把揪住她，不依不饶，她看着一对涕泪交流的老人家，不知道该如何解释，如何辩白。最后她选择了沉默，抛却私人恩怨不提，这是最妥善的处理方法。

然后她自己独自守着他。等在急救室门外的时候，她把他们从相识到结婚，几年来的感情像过筛子一样，一一回放。除了这个女孩，是他们华丽的感情绸缎上的一只跳蚤外，其余都是宣纸上的墨，重彩绚丽。

十来个小时过去后，医生从急救室出来说："性命无忧，过两三天就会醒来。"她悲凉中透着欣喜，守在病榻前，盯着他看，心中柔情百转，五味杂陈，爱也不是，恨也不是。

三天过去了，他醒转过来，却像换了一个人似的，不说，不笑，傻傻的，不认识她似的看着她。叫他吃他就吃，不叫他吃，他就傻傻地坐着。

她慌了，跑去问医生，医生狐疑地说："原本该好了，怎么会变成这样？"医生检查了几遍，均查不出原因，医生着急，她更着急，最后医生得出结论：由于惊险过度，他患了失忆症。

为了帮他找回记忆，她带他去了恋爱时约会的一座桥，那时候，他们还年轻，在这座桥上，他说过，永远不负她。她问他："你还记得那时你说过的话吗？永不负你，这四个字一直嵌在我的记忆里，每一次我心情不好的时候，想到你说的这四个字，我就会觉得很温暖，就会觉得生活有动力。"

他傻乎乎地对着她笑，并不接言。

她带他去他们结婚时租的一间平房，那间房子，矮小破旧，四面透风，冬天冷，夏天热。站在那处即将拆迁的旧房子里，她含着热泪问他："你还记得吗？在这里，你说过，要给我一处大房子，冬天有暖气热水。晚间去卫生间，再也不用奔跑着去街边的公厕。"

他看着她，面无表情，依旧傻傻的。

她带他去看了那个女孩，女孩比他的伤轻很多，早好了。女孩看见她时，以为是来兴师问罪的，怯怯地等了很久，不见她言语，便说："能问你一个问题吗？"她点点头。女孩看看旁边的他，正傻乎乎地忙着折手里的纸飞机，

女孩迟疑地问："你为什么要救我？你不恨我吗？出事的地方，人烟稀少，你不救我，从此就少了我这个对手。"她淡淡地笑了，轻轻地吐出一个字："恨。"是的，怎么会不恨呢？她也是一个有正常情感的女人。

她缓缓地说："可是，我爱他，所以不想他因为你的意外而负疚终生。"

他再也装不下去，手里的纸飞机一下子落到地上，轻轻地走到她面前，牵起她的手说："不用寻找记忆了，我什么都想起来了，我们回家吧！"

女孩羞赧地站在原地，看着他们互相依偎着离去的背影发呆，原来自己并懂得爱的真谛。

时光左岸的自动回复

一

课间，林洋扯着破锣般的嗓子嚎许嵩的《庐州月》，可惜那样一首清淡雅致，有着民谣特质，甚至有着一点点小忧伤的歌，竟然被林洋嚎得高亢直白，支离破碎，像哭一样难听，更让人无法忍受的是，他的手里居然还在比划着弹吉他的动作。

舒晓歆捂着耳朵忍无可忍地对林洋说："大歌星，拜托你别制造噪音了，让大家的耳朵歇一会儿，行不行？"林洋不睬，自顾自地做自我陶醉状。舒晓歆见他无动于衷，更加来气了，于是眉头一皱，计上心来。趁他不备，悄悄把腿往前一伸，专注而投入的林洋丝毫没有提防，一下子往前抢了三四步，摔了个嘴啃泥，歌声也戛然而止。

林洋爬起来，回头瞪了舒晓歆一眼，有些气急败坏地说："真看不出来，长得那么漂亮斯文的一个女孩，心肠却那么坏，怪不得连你妈都不要你了。"

正得意洋洋捂嘴偷笑的舒晓歆，猛听得林洋的话，满脸如花的笑容瞬间凝固。她看着窗外，湛蓝的天空有着大朵大朵的白云，慢慢地聚拢流散，去无所踪。高高的白杨树威武挺拔，风一吹，满树的叶子哗啦啦地响。花坛里的向阳花，刚刚有巴掌那么大，朝着太阳的方向，在风中点着头。

舒晓歆忍得很辛苦的眼泪，终于还是没有忍住，忽然间就开了闸，哗啦啦地落下来。

二

庄书眉走的那个季节也是夏天，天空也这样蓝，白杨树也是这样挺拔，向阳花也是这样娇艳，舒晓歆去机场送她。

庄书眉看上去有些憔悴，忧郁，消瘦，圆圆的苹果脸儿变成了尖尖的瓜子脸，她把舒晓歆揽进怀里，摸着她的长发，略带伤感地说："宝贝，在家里要听爸爸的话，要好好学习，别到处乱跑，想妈妈了，或者有了烦恼和心事，就上QQ给妈留言，妈都会收到的。宝贝，要乖，要学会自己照顾自己，要学会照顾爸爸……"

舒晓歆把行李塞进庄书眉的手里，有些奇怪地说："眉子同学，你今天怎么婆婆妈妈的？弄得像生离死别一般，这可不是你的一贯风格啊！不就是去国外工作一年吗？很快就会过去的，很快就会结束的，一年就是一眨眼的时间，等你回来后，你的宝贝就长高了，长大了，变成了大美女，比你还漂亮，到时你可别嫉妒啊！"

舒晓歆手里比划着，嘴里嚼着口香糖，一副没心没肺的样子。她的调侃并没有让庄书眉皱着的眉头舒展开，她扯着舒晓歆的手，舍不得松开。

舒朗在旁边催促："眉子，再不登机，就晚点了，快点走吧！"

庄书眉把舒晓歆的手放进了舒朗的手中，她好看的眼睛里闪着泪花："我把宝贝女儿交给你了，你要照顾好她，否则我跟你没完。"

舒晓歆把庄书眉往安检的门里推，嘴里嘟囔："我又不是小孩子了，我会照顾自己，你放心去吧！"

安检门里，庄书眉一脚门里，一脚门外，最后看了一眼舒晓歆，然后转身，依旧优雅从容，依旧高贵不凡。

三

时间像一个小怪物一样，你盼着它过得慢一些的时候，它却匆匆如流水，你还没有回过神来，时光已远；你盼着它过得快一些的时候，它却缓慢如蜗牛，那种被抻长的时光，仿佛是一种煎熬，慢腾腾的，难捱。

庄书眉走了11个月了，她并没有履行她的诺言，并没有在QQ上与舒晓歆视频聊天，并没有给舒晓歆打过电话，甚至没有只言片语给她，她的头像一直都是暗淡的，看得人心里直发毛，灰暗到绝望。

唯一让人觉得安慰的，是舒晓歆每次给她留言，那边很快就会弹出一个自动回复：宝贝，妈妈爱你！庄书眉起了一个很有意思的网名：时光左岸。

舒晓歆每次看到时光左岸的自动回复，嘴角都会绽开一个笑容，他们这一代人，总是把这个"爱"字，说得很庄重，仿佛这一个字就代表一切，其实也不过就是一种情感表达的一个虚词而已，在爱已泛滥的年代，这个字早

已不是当初。

尽管如此，舒晓歆还是喜欢给庄书眉留言，为的就是看到那句“宝贝，妈妈爱你!”

有男生给她写小纸条了，她心慌慌的，不敢告诉舒朗，跑到QQ上给庄书眉留言：眉子同学，邻班那个又高又帅的男生给我写小纸条了，我是不是答应他，做他的女朋友?

考试考得不理想，她不敢告诉舒朗，忐忑不安地跑到QQ上给庄书眉留言：眉子同学，我又考得一塌糊涂，已经连续好几次了，智商不高情商高，我是不是没救了?

和要好的同学闹别扭了，她不敢告诉舒朗，满腹委屈地跑到QQ上给庄书眉留言：眉子同学，我对她那么好，她居然跑到别的同学面前说我坏话，你说我们是不是不能再成为朋友?

时光左岸每次都只有一句自动回复：宝贝，妈妈爱你!

四

起初，舒晓歆并没有在意，以为庄书眉工作忙，顾不上自己，在心里抗议几句也就算了。后来，庄书眉一直都没有任何的消息，每次都是那句自动回复，舒晓歆心中有了不祥的预感，她跑去纠缠舒朗：“妈妈是不是不要我们了？妈妈跟别人跑了？妈妈出意外了?”

舒朗安抚她：“好好念书，别瞎猜，到时候你就会知道答案的。”舒晓歆梗着脖子说：“你把妈妈的地址给我，我自己找她去!”舒朗也生气了，低吼：“给你地址，你也去不了，那是国外。”

“我不管是哪里，天涯海角，我也要找到妈妈。”舒晓歆的眼泪在不知不觉中迸出来：“快一年了，妈妈就算去了国外，也还是人间，打个电话回来总可以吧？上个QQ也不是什么难事吧？她像是从人间消失了，没有半点消息，这对我不公平，我要知道，她在哪里?”

舒朗跌坐在沙发上，他叹了口气说：“原本想迟一些再告诉你，等你再长大一些再告诉你，谁知道你这孩子这么敏感。你妈妈不是去了国外，她去了天堂。不告诉你，也是她的意思，她想让你在心理上有一个过渡期，慢慢地，一点一点适应没有她的日子。她也不想让你看到她病中枯槁丑陋的样子，她要在你心中永远留下美丽优雅的形象。”

舒小歆歇斯底里地喊了一声：“这不是真的。”她做梦都没有到，机场一别，竟是此生永诀。怪不得庄书眉的笑容那样凄惨，怪不得庄书眉的嘱咐没完没了，怪不得庄书眉的眼泪流不完似的，原来那不是小别，是永别。

舒小歆心疼无比，浑身颤抖。

舒朗抱住她，喃喃地说：“宝贝，这是真的。妈妈说，她没有福气陪你再走一程，但是，她会在另外一个地方，一直注视着你，她希望你幸福快乐，因为你是她生命的延续，你的幸福和快乐就是她的幸福和快乐！”

舒小歆在爸爸的怀里抽噎，止不住，挂满泪花的脸，慢慢生出璀璨笑容，她仰着脸问舒朗：“爸爸，妈妈是希望看到我这样，是吗？”

舒朗点点头。

五

宝贝，妈妈爱你！

这句话像止疼药一样，在舒晓歆的青葱岁月里凸显，每每想起，心都会被幸福填充得满满的，妈妈以另外一种形式和她在一起。

人生无常，我们不能选择命运，但是我们却可以选择自己想要的生活。